Guy de Maupassant

Miss Harriet

*Édition présentée
par Dominique Fernandez*

Gallimard

© *Éditions Gallimard, 1978.*

PRÉFACE

A l'étranger un des auteurs français les plus lus, longtemps populaire en France, Maupassant n'a jamais eu la cote auprès des intellectuels, des amateurs de littérature. On trouve que, dans ses contes, écrits à toute vitesse pour les journaux, il n'a ni l'art de Flaubert, ni le mystère de Tchekhov, ni même le coup de poing de Hemingway. Et sa touche, d'abord! « Jambes courtes, moustaches, grosse tête, tout en buste, physique français XIXᵉ siècle », comme dit Morand. Ajoutons les cheveux en brosse, les joues pleines : un vrai mufle de taureau normand. C'est oublier que, tel Van Gogh ou Antonin Artaud, il a fini jeune ses jours, fou, interné dans un asile. Ah! s'il avait eu un masque plus maigre, plus creusé par le démon...

Démon, ou « hôte noir », comme l'appelle celui qui a le mieux parlé de Maupassant, un étranger comme par hasard, sachant voir, derrière le petit peuple gaulois des ministères et boutiquier des foires, l'envers mystérieux de cet univers, le double inquiétant caché sous les moustaches de Bel-Ami. Alberto Savinio (le frère de Giorgio De Chirico,

peut-être le plus grand écrivain italien de ce siècle,
en tout cas un expert, lui aussi, des choses tapies
dans l'ombre, des secrets métaphysiques) a intitulé
son livre : Maupassant et l' « Autre ». *L'Autre
étant ce dieu inconnu à l'affût sous le chapeau de
paille du canotier d'Argenteuil, cette voix qui lui
soufflait à l'oreille un autre credo que les articles
bien sages et prévus du catéchisme naturaliste.*

*C'est vrai que ses nouvelles ont, comme la figure
carrée et un rien bovine de leur auteur, un air
borné, taillé à la serpe. Malgré le rôle de l'eau et des
barques sur la Seine, Maupassant ne fait guère
penser à ses contemporains les impressionnistes. Il
élimine le flou, le vaporeux, les nuances, pour une
vision précise et brutale : celle que donnaient les
photographies d'alors, aux contours bien cernés.
Tout ce qu'on ne voit pas ne compte pas. Maupassant fait poser devant lui ses personnages, leur
demande de ne plus bouger, appuie sur la poire
d'un coup sec. Tant pis s'ils avaient quelque chose
d'autre à montrer que l'aspect unilatéral qui restera
fixé sur la plaque. Ou, pour choisir une méta-
phore non moins d'époque, il les installe dans un
compartiment de chemin de fer (comme c'est le cas
dans nombre de ses contes) : les voilà enfermés entre
quatre parois, réduits à l'instant présent, dépouillés
de leur arrière-monde, condamnés à ne se connaître
les uns les autres que par des propos de circonstance, et, de toute façon, obligés d'expédier la
conversation en vitesse, car le train va entrer en
gare. On a toujours l'impression, en finissant une
nouvelle de Maupassant, qu'on est soi-même
débarqué sur un quai par un employé en casquette.*

*On n'a pas eu le temps de flâner, il fallait arriver :
le souci majeur de ces quelques pages étant, semble-
t-il, de ne pas être en retard au terminus. Précision
photographique et hâte ferroviaire : Maupassant est
bien le fils de son temps, des progrès technologiques
du dernier tiers de ce siècle.*

*Dans un autre sens encore, ses nouvelles reflètent
leur époque : les années 1880, une des plus horribles
époques de l'histoire française. La guerre de 70 a été
l'ultime école d'héroïsme, la dernière chance pour
les caractères. La mère Sauvage, par exemple, dont
le fils est au front, loge dans sa chaumière quatre
soldats allemands. Ayant reçu la nouvelle que son
garçon « a été tué par un boulet, qui l'a censément
coupé en deux parts », elle met le feu au grenier où
dorment les quatre occupants, « bons enfants, bien
qu'en pays conquis ». Le tout sans un mot, avec la
dignité des mères antiques. La concision de Maupassant s'élève ici jusqu'au sublime. Mais la
France de M. Thiers ne laissera plus à aucun
écrivain l'occasion de s'égaler à Sophocle.*

*Après le Second Empire et l'écrasement de la
Commune, la bourgeoisie s'est définitivement instal-
lée. Non plus la bourgeoisie aventureuse de Balzac,
mais la petite bourgeoisie vaincue, avare, chicanant
sur les héritages, bornant ses rêves au gueuleton et
au jupon. Le monde lui-même s'est rapetissé,
racorni, au lendemain des grandes conquêtes indus-
trielles. L'esprit d'initiative a disparu. Il n'y a plus
rien à entreprendre, qu'à gérer ses épargnes.
L'œuvre de Maupassant traduit le désespoir né de
la découverte de cette soudaine finitude du monde.
Elle le traduit d'abord dans la forme choisie : le*

*récit bref, au lieu du roman. Le fragment, seul
genre adapté à des hommes qui ont perdu le souffle,
qui ont échangé leur âme contre des coupons.*

Maupassant reprend tous les thèmes qui ali-
mentent le romanesque depuis deux siècles, mais en
les réduisant à la dimension lilliputienne de la
nouvelle société. L'ambition? Elle se borne, chez
l'employé de ministère, à l'espoir d'avancer d'un
cran dans la hiérarchie bureaucratique. L'amour?
Il se partage entre deux possibilités également
exaltantes, le mariage, « qui n'est qu'un échange de
mauvaises humeurs pendant le jour et de mauvaises
odeurs pendant la nuit », et l'adultère, sordide
compromis. Le voyage? C'est dans la dérision du
voyage que le génie de Maupassant invente avec le
plus de bonheur. Le week-end à Bougival remplace
l'aventure sur les mers. On découvre avec ivresse les
parties de canotage sur la Seine, pimentées si
possible d'une petite amourette champêtre et dans
tous les cas d'une bonne cuite à la guinguette.
« Dans le cœur de ces bourgeois privés d'herbe et
affamés de promenades aux champs », Maupassant
fustige « cet amour bête de la nature qui les hante
toute l'année derrière le comptoir de leur boutique ».

Tiens! Où avons-nous lu une phrase presque
semblable? « Ces deux besoins — voir la mer et se
rouler dans l'herbe — le Parisien ne les satisfait
guère que lorsqu'il a déjà de la fortune. » Dostoïevski? Mais oui, dans les Notes d'hiver sur des
impressions d'été, publiées en 1863, quelque dix
ans avant les débuts de Maupassant. Dostoïevski,
qui se demandait lors de son voyage à Paris :
« Pourquoi ici tout se contracte-t-il, pourquoi veut-

on se faire menu, se rétrécir, s'effacer? » *Entre Dostoïevski et Maupassant, il semble que tout rapprochement soit impossible. Autant l'un est infini, autant l'autre est circonscrit. Sans doute,* mais cela ne signifie pas que Maupassant n'ait pas eu l'idée d'un autre monde, que l'autre aspect des choses ne lui soit pas apparu.

Si, justement, il avait fait exprès de se limiter à des histoires de notaires et de ronds-de-cuir? Si, loin de prouver son insensibilité aux fantômes de la nuit, son programme de « tranches de vie » n'avait été qu'un moyen de les écarter, de les conjurer? Si, petit frère honteux du grand Russe, il s'était châtré lui-même, par peur de ce qui était à découvrir? Le « et » placé en tête d'une phrase est un de ses tics d'écriture les plus fréquents. Hommage à Flaubert? Ou volonté secrète de boucher les trous, de mettre un couvercle sur la page, de relier les unes aux autres les parties de la description par un mastic si fort qu'on sera à l'abri des puissances ténébreuses frappant de l'autre côté du carreau? La densité de Maupassant, qui passe pour un signe de myopie spirituelle, témoigne peut-être d'une lutte constante contre l'angoisse. Il n'avait pas la vue courte; il voyait loin, au contraire, si loin qu'il organisa comme il put sa défense contre l' « hôte noir ». Là réside sa « limite », son « erreur », pour les hommes du XXe siècle : de vouloir à tout prix faire surface, maintenir la tête au-dessus de l'eau, au lieu de plonger, comme le commande la littérature « moderne », dans les remous de l'inconscient et dans les souterrains de l'infantile.

« Moderne », comme il l'est cependant, pour peu

*qu'on abandonne ce préjugé de la « profondeur »!
Derrière son érotomanie de parade et son arrogance
de phallocrate, on décèlera aisément sa solitude
sexuelle, affective, son immense détresse de minori-
taire du sexe (lui qui ne s'est jamais marié) devant
les affirmations triomphantes de l'ordre monoga-
mique bourgeois. Misogynie? Plutôt crainte viscé-
rale, abyssale, devant celle qui semble sortir d'un
cauchemar psychanalytique, à la fois « radieuse et
infâme », mangeuse d'hommes, armée d'invisibles
dents castratrices. Ici encore, le style carré et brutal
dessert Maupassant. Car ce fonceur, qui manie la
plume comme il maniait la rame, ce champion de
nage qui sauva de la noyade à Étretat le grand poète
anglais Swinburne, ce premier sportif de notre
littérature fut la victime des mêmes hallucinations
que les décadents de la fin du siècle, qui reviennent
aujourd'hui si fort en honneur, les Wilde, les
Beardsley, les Gustave Moreau. Seulement, au lieu
de voiles alanguis et de chevelures vaporeuses, il
déguise ses Hérodiade, ses Gorgones en solides
boutiquières corsetées. Voir* La Femme de Paul, *où
le malheureux amant, canotier du dimanche, sur-
prend sa compagne en saphique accouplement dans
l'herbe grasse de Chatou, ni plus ni moins que dans
le fameux tableau de Courbet.*

*Déchiré entre Asnières et Byzance, entre Bobonne
et Salomé, entre la muse naturaliste et l'ange du
bizarre, Maupassant est-il vraiment aussi simple
qu'on le dit?*

*Deux nouvelles semblent particulièrement dédiées
au « dieu inconnu », à l'« autre ».* Garçon, un
bock! *met en scène un habitué de brasserie, sale,*

chauve, précocement vieilli : il a trente-trois ans et en paraît quarante-cinq (retenons ces chiffres). Atteint d'aboulie et de dépression chronique, il ne croit plus à rien, ne fait plus rien, sinon passer toutes ses journées au café et vider verre sur verre, dans un hébétement masochiste. Un ancien camarade de collège, le narrateur, stupéfait de cette métamorphose, lui demande quel grand malheur l'a ainsi frappé. Pressé de questions, le comte Jean des Barrets répond enfin. Un souvenir d'enfance est responsable de sa dégradation. Il avait treize ans, il jouait dans le parc du château familial, quand il surprit sans le vouloir une dispute entre ses parents. Son père criait qu'il avait besoin de cet argent, sa mère résistait en disant qu'elle ne signerait pas. « C'est la fortune de Jean, cela. Je la garde pour lui et je ne veux pas que tu la manges encore avec des filles et des servantes, comme tu as fait de ton héritage. » Le père saisit alors sa femme par le cou et se mit à la frapper de l'autre main, en pleine figure. Elle roula par terre, cachant sa face dans ses deux bras. Il la renversa sur le dos pour la frapper encore. L'enfant s'enfuit et se dissimula dans le parc, où il resta en tremblant toute la nuit. « Eh bien, mon cher, c'était fini pour moi. J'avais vu l'autre face des choses, la mauvaise; je n'ai plus aperçu la bonne depuis ce jour-là. » D'où la mort de tout espoir dans son cœur, de tout désir, de toute ambition. Il ne lui est resté que la force de crier, comme il le fait une nouvelle fois devant son interlocuteur médusé : « Garçon, un bock! »

Or, ce souvenir d'enfance n'est autre qu'un traumatisme arrivé au jeune Guy lui-même. L'âge,

*le château, les querelles d'argent, tout coïncide. Un
écrivain aujourd'hui aurait exploité à fond cette
« scène primitive ». Maupassant, au contraire, s'ef-
force de la mettre à distance, d'en minimiser le
tremblement dévastateur. Une rencontre fortuite au
café, un coin de table à la Degas, un cas de
déchéance humaine et sociale : le décor et le thème
sont d'époque, impersonnels. La répétition cocasse
du cri : « Garçon, un bock! » transforme l'enfant
mutilé en personnage de comédie, la blessure
incurable en tic de poivrot. Le lecteur, qui croyait
entrer dans le cabinet de Freud et se trouve assis
devant un sketch de Labiche, sourit, hausse les
épaules et sort du théâtre. Sans s'apercevoir que
l'âge donné au comte Jean des Barrets (barré, oui,
bloqué à vie) est l'âge de Maupassant quand il a
écrit cette nouvelle (publiée le 1er janvier 1884,
donc rédigée en 1883, à trente-trois ans); sans
penser que l'âge apparent du comte, quarante-cinq
ans, Maupassant, mort en 1893, ne l'atteindra
jamais; sans être frappé par cette indication
prophétique; sans se douter en somme que, sous les
traits de ce double déchu, Maupassant montre un
mort qui lui ressemble comme un frère. Qui oserait
identifier ce fainéant décavé avec le taureau normand, le tombeur de femmes, l'écrivain fécond et
riche? L'aveu est si dissimulé qu'on persiste à voir
en Maupassant un champion instinctif de la vie
animale, ce qui l'exile au seuil du temple où les
mystères de la littérature se célèbrent dans les
transes de l'échec.*

*Un écrivain qui n'a pas le sens de l'échec ne nous
intéresse pas, ne nous émeut pas, nous les fils de*

*Flaubert et de Kafka. Maupassant paye cher
d'avoir voulu passer pour un dur, pour un Hercule
du papier. Lui, plus fragile que personne, fils de
parents séparés, d'un père volage, évanescent,
inconsistant, d'une mère névrosée, possessive,
pathogène; coureur frénétique de « servantes » et de
« filles », moins sans doute pour imiter le modèle
paternel que pour fuir ses propres penchants. Ce
fonds admirable, il ne l'a pas exploité. Il a fallu
que la folie vienne le saisir par-derrière pour le
forcer à avouer sa défaite, pour le ranger dans la
cohorte immature et suppliante des vaincus.*

*Ses plus belles inventions, il les cache, sous le
double voile de l'impassibilité et de l'humour. Autre
exemple, ce bref conte de sept pages intitulé :*
Idylle.

*Nous sommes dans un train (encore), sur la
ligne de Gênes à Marseille, en compagnie d'une
forte paysanne piémontaise, « aux yeux noirs, à la
poitrine volumineuse, aux joues charnues ». Vingt-
cinq ans; mais, par rapport au jeune homme
maigre et hâlé qui lui fait face, elle démontre une
autorité physique, une maturité bien supérieures.
Tous deux vont chercher du travail en France : elle
comme nourrice, lui comme maçon. L'histoire
commence donc comme un récit naturaliste, comme
un document sur l'émigration italienne dans les
années 1880. Étrange, pourtant, ce train qui tantôt
rampe sur les plages de sable jaune et glisse
« comme un serpent de fer entre la mer et la
montagne », et tantôt disparaît, « entrant brusquement dans la gueule noire des tunnels ainsi qu'une
bête en son trou ».*

Si les symboles phalliques (voulus? involontaires?) abondent, ils ne submergent pas la nouvelle sous un nouveau naturalisme, érotique et sexuel. Car voici, déjà, une autre dimension : le soleil, et la pluie de feu qu'il verse sur la côte; les parfums des orangers et des citronniers en fleur; le souffle des roses qui emplissent le pays « de leur arôme puissant et léger » et répandent dans l'air « quelque chose de plus savoureux que le vin et d'enivrant comme lui ». Du coup, le cadre du récit s'élargit une seconde fois : on entre dans le mythe. Le wagon de chemin de fer, hommage au siècle de la vapeur et de l'acier, se métamorphose en char antique. La côte ligurienne, modeste voie de passage pour les émigrés, se met à embaumer comme les pentes du Vésuve et à rayonner comme la Sicile en feu. La jeune femme, qui n'a pas allaité depuis la veille, commence à étouffer; sa poitrine l'oppresse; le lait lui fait comme un poids sur le cœur. Mais elle n'est plus seulement la nourrice en quête d'un travail, elle est la Mère nourricière en personne, la légendaire Cybèle apportant à ses enfants la nourriture primordiale.

Entre les deux occupants du compartiment, la péripétie se noue, très vite. Si vite que le lecteur note à peine sa triple signification, économique, érotique et mystique. La paysanne gémit. « Je ne peux plus tenir. Il me semble que je vais mourir. » Elle dégrafe sa robe. Les seins jaillissent, énormes, tendus. Le jeune homme, « troublé », balbutiant, propose de la soulager. Il se met à genoux devant elle, il saisit cette lourde mamelle entre ses lèvres, et le voilà, les deux bras passés autour de la taille de la nourrice, tétant « d'une façon goulue et régulière », à lentes gorgées pleines, « avec un mouvement de cou, pareil à celui des enfants ».

Confusion de la pulsion érotique et du sentiment maternel, de la faim sexuelle et du désir infantile, sur fond panique de nature en fête, dans l'antre utérin d'un tunnel : on nous saura gré de ne pas allonger le commentaire. *Disons seulement notre regret que Freud, mal renseigné dans le domaine littéraire, ait analysé, comme fiction à l'appui de ses thèses, une œuvre comme les* Vingt-quatre heures de la vie d'une femme, *de Stefan Zweig, si démodée aujourd'hui, au lieu d'interroger cette* Idylle, *écrite quelque quarante ans plus tôt, et qui n'a pas pris une ride. Zweig aussi suggère l'amalgame de la mère et de l'amante; lui aussi choisit la Riviera comme décor; mais une Riviera de casino, mondaine et frivole; et produit un texte mou, bavard. Maupassant, comme D. H. Lawrence à qui cette nouvelle fait penser également* (Amants et fils...), *connaît le monde du travail. Plusieurs de ses contes dénoncent la malédiction de l'univers capitaliste, l'exploitation morale des enfants, l'exploitation physique des chiens, la cruauté envers les animaux. Ici, les servitudes de l'émigration. Cette référence constante aux nécessités économiques donne à son style ce grain dur et serré. A la paysanne qui rentre ses seins dans sa robe en le remerciant pour le « fameux service » qu'il vient de lui rendre, le jeune Italien répond simplement : « C'est moi qui vous remercie, madame, voilà deux jours que je n'avais rien mangé. »*

Une fois encore, le lecteur pressé ne verra dans

cette conclusion sublime qu'un « mot » de la fin. Marx pourtant y rejoint Freud, sous la plume d'un écrivain aussi ignorant de l'un que de l'autre, et qu'on dédaigne un peu, parce qu'il n'a pas hissé le drapeau des sciences humaines sur la locomotive de son petit train. Il s'est contenté, l'ingénu, de comparer le convoi à un serpent, le tunnel à une gueule noire, l'arôme des roses à du vin, l'affamé à un orant. Sous le déluge solaire d'une canicule embaumée, une des plus belles scènes de désir de la littérature se trouve ainsi camouflée en « service » réciproque. Et le voyage prend fin, la paysanne et le maçon descendent sur le quai, sans que l' « hôte noir » en tiers dans le compartiment ait levé son masque, sans que nous ayons reconnu, dans cette rencontre entre deux victimes de la société industrielle, les noces de Cybèle et d'Atys.

A côté de l'Italienne, maternelle et généreuse, voici la Française, la Cora de L'Héritage, *sèche, petite-bourgeoise, intéressée, sans cœur; et puis, comme si Maupassant avait voulu compléter son tableau des tempéraments féminins classés d'après la spécialité nationale, voici, surprenante création, l'Anglaise, la miss Harriet qui donne le titre au recueil. Maigre, disgraciée par la nature, exhalant une odeur de caoutchouc, marcheuse intrépide, protectrice des animaux, panthéiste adorant Dieu dans le paysage; toutes les déveines, tous les ridicules; un personnage qu'il aurait été si facile de tirer vers la caricature, et que Maupassant, au contraire, avec le génie du grand romancier, a peint en héroïne tragique, ensevelissant au fond d'un* puits le secret d'un amour inavoué, muette et touchante Ophélie égarée sous la figure d'un hareng saur.

Dominique Fernandez.

Miss Harriet

MISS HARRIET[1]

A Madame...

Nous étions sept dans le break, quatre femmes
et trois hommes, dont un sur le siège à côté du
cocher, et nous montions, au pas des chevaux, la
grande côte où serpentait la route[2].

Partis d'Étretat dès l'aurore, pour aller visiter
les ruines de Tancarville, nous somnolions encore,
engourdis dans l'air frais du matin. Les femmes
surtout, peu accoutumées à ces réveils de chasseurs, laissaient à tout moment retomber leurs
paupières, penchaient la tête ou bien bâillaient,
insensibles à l'émotion du jour levant.

C'était l'automne. Des deux côtés du chemin
les champs dénudés s'étendaient, jaunis par le
pied court des avoines et des blés fauchés qui
couvraient le sol comme une barbe mal rasée. La
terre embrumée semblait fumer. Des alouettes
chantaient en l'air, d'autres oiseaux pépiaient
dans les buissons.

Le soleil enfin se leva devant nous, tout rouge

au bord de l'horizon ; et, à mesure qu'il montait, plus clair de minute en minute, la campagne paraissait s'éveiller, sourire, se secouer, et ôter, comme une fille qui sort du lit, sa chemise de vapeurs blanches.

Le comte d'Étraille, assis sur le siège, cria : « Tenez, un lièvre », et il étendait le bras vers la gauche, indiquant une pièce de trèfle. L'animal filait, presque caché par ce champ, montrant seulement ses grandes oreilles ; puis il détala à travers un labouré, s'arrêta, repartit d'une course folle, changea de direction, s'arrêta de nouveau, inquiet, épiant tout danger, indécis sur la route à prendre ; puis il se remit à courir avec de grands sauts de l'arrière-train, et il disparut dans un large carré de betteraves. Tous les hommes s'éveillèrent, suivant la marche de la bête.

René Lemanoir prononça : « Nous ne sommes pas galants, ce matin », et regardant sa voisine, la petite baronne de Sérennes, qui luttait contre le sommeil, il lui dit à mi-voix : « Vous pensez à votre mari, baronne. Rassurez-vous, il ne revient que samedi. Vous avez encore quatre jours. »

Elle répondit avec un sourire endormi : « Que vous êtes bête ! » Puis, secouant sa torpeur, elle ajouta : « Voyons, dites-nous quelque chose pour nous faire rire. Vous, monsieur Chenal, qui passez pour avoir eu plus de bonnes fortunes que le duc de Richelieu [3], racontez une histoire d'amour qui vous soit arrivée, ce que vous voudrez. »

Léon Chenal, un vieux peintre qui avait été très beau, très fort, très fier de son physique, et très aimé, prit dans sa main sa longue barbe

blanche et sourit, puis, après quelques moments
de réflexion, il devint grave tout à coup.

« Ce ne sera pas gai, mesdames; je vais vous
raconter le plus lamentable amour de ma vie. Je
souhaite à mes amis de n'en point inspirer de
semblable. »

I

J'avais alors vingt-cinq ans et je faisais le
rapin le long des côtes normandes.

J'appelle « faire le rapin », ce vagabondage sac
au dos, d'auberge en auberge, sous prétexte
d'études et de paysages sur nature. Je ne sais rien
de meilleur que cette vie errante, au hasard. On
est libre, sans entraves d'aucune sorte, sans
soucis, sans préoccupations, sans penser même au
lendemain. On va par le chemin qui vous plaît,
sans autre guide que sa fantaisie, sans autre
conseiller que le plaisir des yeux. On s'arrête
parce qu'un ruisseau vous a séduit, parce qu'on
sentait bon les pommes de terre frites devant la
porte d'un hôtelier. Parfois c'est un parfum de
clématite qui a décidé votre choix, ou l'œillade
naïve d'une fille d'auberge. N'ayez point de
mépris pour ces rustiques tendresses. Elles ont
une âme et des sens aussi, ces filles, et des joues
fermes et des lèvres fraîches; et leur baiser
violent est fort et savoureux comme un fruit
sauvage. L'amour a toujours du prix, d'où qu'il
vienne. Un cœur qui bat quand vous paraissez,

un œil qui pleure quand vous partez, sont des choses si rares, si douces, si précieuses, qu'il ne les faut jamais mépriser.

J'ai connu les rendez-vous dans les fossés pleins de primevères, derrière l'étable où dorment les vaches, et sur la paille des greniers encore tièdes de la chaleur du jour. J'ai des souvenirs de grosse toile grise sur des chairs élastiques et rudes, et des regrets de naïves et franches caresses, plus délicates en leur brutalité sincère, que les subtils plaisirs obtenus de femmes charmantes et distinguées.

Mais ce qu'on aime surtout dans ces courses à l'aventure, c'est la campagne, les bois, les levers de soleil, les crépuscules, les clairs de lune. Ce sont, pour les peintres, des voyages de noce avec la terre. On est seul tout près d'elle dans ce long rendez-vous tranquille. On se couche dans une prairie, au milieu des marguerites et des coquelicots, et, les yeux ouverts, sous une claire tombée de soleil, on regarde au loin le petit village avec son clocher pointu qui sonne midi.

On s'assied au bord d'une source qui sort au pied d'un chêne, au milieu d'une chevelure d'herbes frêles, hautes, luisantes de vie. On s'agenouille, on se penche, on boit cette eau froide et transparente qui vous mouille la moustache et le nez, on la boit avec un plaisir physique, comme si on baisait la source, lèvre à lèvre. Parfois, quand on rencontre un trou, le long de ces minces cours d'eau, on s'y plonge, tout nu, et on sent sur sa peau, de la tête aux pieds, comme une caresse glacée et délicieuse, le frémissement du courant vif et léger.

On est gai sur la colline, mélancolique au bord des étangs, exalté lorsque le soleil se noie dans un océan de nuages sanglants et qu'il jette aux rivières des reflets rouges. Et, le soir, sous la lune qui passe au fond du ciel, on songe à mille choses singulières qui ne vous viendraient pas à l'esprit sous la brûlante clarté du jour.

Donc, en errant ainsi par ce pays même où nous sommes cette année, j'arrivai un soir au petit village de Bénouville, sur la Falaise, entre Yport et Étretat. Je venais de Fécamp en suivant la côte, la haute côte droite comme une muraille, avec ses saillies de rochers crayeux tombant à pic dans la mer. J'avais marché depuis le matin sur ce gazon ras, fin et souple comme un tapis, qui pousse au bord de l'abîme sous le vent salé du large. Et, chantant à plein gosier, allant à grands pas, regardant tantôt la fuite lente et arrondie d'une mouette promenant sur le ciel bleu la courbe blanche de ses ailes, tantôt, sur la mer verte, la voile brune d'une barque de pêche, j'avais passé un jour heureux d'insouciance et de liberté.

On m'indiqua une petite ferme où on logeait des voyageurs, sorte d'auberge tenue par une paysanne au milieu d'une cour normande entourée d'un double rang de hêtres.

Quittant la falaise, je gagnai donc le hameau enfermé dans ses grands arbres et je me présentai chez la mère Lecacheur.

C'était une vieille campagnarde, ridée, sévère,

qui semblait toujours recevoir les pratiques à
contre-cœur, avec une sorte de méfiance.

Nous étions en mai; les pommiers épanouis
couvraient la cour d'un toit de fleurs parfumées,
semaient incessamment une pluie tournoyante de
folioles roses qui tombaient sans fin sur les gens
et sur l'herbe.

Je demandai : « Eh bien, madame Lecacheur,
avez-vous une chambre pour moi? »

Étonnée de voir que je savais son nom, elle
répondit : « C'est selon, tout est loué. On pourrait
voir tout de même. »

En cinq minutes nous fûmes d'accord, et je
déposai mon sac sur le sol de terre d'une pièce
rustique, meublée d'un lit, de deux chaises, d'une
table et d'une cuvette. Elle donnait dans la
cuisine, grande, enfumée, où les pensionnaires
prenaient leurs repas avec les gens de la ferme et
la patronne, qui était veuve.

Je me lavai les mains, puis je ressortis. La
vieille faisait fricasser un poulet pour le dîner
dans sa large cheminée où pendait la crémaillère
noire de fumée.

« Vous avez donc des voyageurs en ce
moment? » lui dis-je.

Elle répondit, de son air mécontent : « J'ons
eune dame, eune Anglaise d'âge. Alle occupe
l'autre chambre. »

J'obtins, moyennant une augmentation de cinq
sols par jour, le droit de manger seul dans la cour
quand il ferait beau.

On mit donc mon couvert devant la porte, et je
commençai à dépecer à coups de dents les

membres maigres de la poule normande en
buvant du cidre clair et en mâchant du gros pain
blanc, vieux de quatre jours, mais excellent.

Tout à coup la barrière de bois qui donnait sur
le chemin s'ouvrit, et une étrange personne se
dirigea vers la maison. Elle était très maigre, très
grande, tellement serrée dans un châle écossais à
carreaux rouges, qu'on l'eût crue privée de bras si
on n'avait vu une longue main paraître à la
hauteur des hanches, tenant une ombrelle
blanche de touriste. Sa figure de momie, en-
cadrée de boudins de cheveux gris roulés, qui
sautillaient à chacun de ses pas, me fit penser, je
ne sais pourquoi, à un hareng saur qui aurait
porté des papillotes. Elle passa devant moi
vivement, en baissant les yeux, et s'enfonça dans
la chaumière.

Cette singulière apparition m'égaya; c'était ma
voisine assurément, l'Anglaise d'âge dont avait
parlé notre hôtesse.

Je ne la revis pas ce jour-là. Le lendemain,
comme je m'étais installé pour peindre au fond
de ce vallon charmant que vous connaissez et qui
descend jusqu'à Étretat, j'aperçus, en levant les
yeux tout à coup, quelque chose de singulier
dressé sur la crête du coteau; on eût dit un mât
pavoisé. C'était elle. En me voyant elle disparut.

Je rentrai à midi pour déjeuner et je pris place
à la table commune, afin de faire connaissance
avec cette vieille originale. Mais elle ne répondit
pas à mes politesses, insensible même à mes
petits soins. Je lui versais de l'eau avec obstination, je lui passais les plats avec empressement.

Un léger mouvement de tête, presque impercep-
tible, et un mot anglais murmuré si bas que je ne
l'entendais point, étaient ses seuls remerciements.

Je cessai de m'occuper d'elle, bien qu'elle
inquiétât ma pensée.

Au bout de trois jours j'en savais sur elle aussi
long que Mme Lecacheur elle-même.

Elle s'appelait miss Harriet. Cherchant un
village perdu pour y passer l'été, elle s'était
arrêtée à Bénouville, six semaines auparavant, et
ne semblait point disposée à s'en aller. Elle ne
parlait jamais à table, mangeait vite, tout en
lisant un petit livre de propagande protestante.
Elle en distribuait à tout le monde, de ces livres.
Le curé lui-même en avait reçu quatre apportés
par un gamin moyennant deux sous de commis-
sion. Elle disait quelquefois à notre hôtesse, tout
à coup, sans que rien préparât cette déclaration :
« Je aimé le Seigneur plus que tout; je le admiré
dans toute son création, je le adoré dans toute
son nature, je le pôrté toujours dans mon cœur. »
Et elle remettait aussitôt à la paysanne interdite
une de ses brochures destinées à convertir l'univers.

Dans le village on ne l'aimait point. L'institu-
teur ayant déclaré : « C'est une athée », une sorte
de réprobation pesait sur elle. Le curé, consulté
par Mme Lecacheur, répondit : « C'est une hérétique, mais Dieu ne veut pas la mort du pécheur,
et je la crois une personne d'une moralité
parfaite. »

Ces mots « Athée — Hérétique », dont on
ignorait le sens précis, jetaient des doutes dans

les esprits. On prétendait en outre que l'Anglaise était riche et qu'elle avait passé sa vie à voyager dans tous les pays du monde, parce que sa famille l'avait chassée. Pourquoi sa famille l'avait-elle chassée? A cause de son impiété naturellement.

C'était, en vérité, une de ces exaltées à principes, une de ces puritaines opiniâtres comme l'Angleterre en produit tant, une de ces vieilles et bonnes filles insupportables qui hantent toutes les tables d'hôte de l'Europe, gâtent l'Italie, empoisonnent la Suisse, rendent inhabitables les villes charmantes de la Méditerranée, apportent partout leurs manies bizarres, leurs mœurs de vestales pétrifiées, leurs toilettes indescriptibles et une certaine odeur de caoutchouc qui ferait croire qu'on les glisse, la nuit, dans un étui.

Quand j'en apercevais une dans un hôtel, je me sauvais comme les oiseaux qui voient un mannequin dans un champ.

Celle-là cependant me paraissait tellement singulière qu'elle ne me déplaisait point.

Mᵐᵉ Lecacheur, hostile par instinct à tout ce qui n'était pas paysan, sentait en son esprit borné une sorte de haine pour les allures extatiques de la vieille fille. Elle avait trouvé un terme pour la qualifier, un terme méprisant assurément, venu je ne sais comment sur ses lèvres, appelé par je ne sais quel confus et mystérieux travail d'esprit. Elle disait : « C'est une démoniaque. » Et ce mot, collé sur cet être austère et sentimental, me semblait d'un irrésistible comique. Je ne l'appelais plus moi-même que « la démoniaque », éprouvant un plaisir drôle à prononcer tout haut ces syllabes en l'apercevant.

Je demandais à la mère Lecacheur : « Eh bien, qu'est-ce que fait notre démoniaque aujourd'hui? »

Et la paysanne répondait d'un air scandalisé :

« Croiriez-vous, monsieur, qu'all'a ramassé un crapaud dont on avait pilé la patte, et qu'all' l'a porté dans sa chambre, et qu'all' l'a mis dans sa cuvette et qu'all'y met un pansage comme à un homme. Si c'est pas une profanation! »

Une autre fois, en se promenant au pied de la falaise, elle avait acheté un gros poisson qu'on venait de pêcher, rien que pour le rejeter à la mer. Et le matelot, bien que payé largement, l'avait injuriée à profusion, plus exaspéré que si elle lui eût pris son argent dans sa poche. Après un mois il ne pouvait encore parler de cela sans se mettre en fureur et sans crier des outrages. Oh, oui! c'était bien une démoniaque, miss Harriet, la mère Lecacheur avait eu une inspiration de génie en la baptisant ainsi.

Le garçon d'écurie, qu'on appelait Sapeur parce qu'il avait servi en Afrique dans son jeune temps, nourrissait d'autres opinions. Il disait d'un air malin : « Ça est une ancienne qu'a fait son temps. »

Si la pauvre fille avait su?

La petite bonne Céleste ne la servait pas volontiers, sans que j'eusse pu comprendre pourquoi. Peut-être uniquement parce qu'elle était étrangère, d'une autre race, d'une autre langue, et d'une autre religion. C'était une démoniaque enfin!

Elle passait son temps à errer par la campagne, cherchant et adorant Dieu dans la nature. Je la trouvai, un soir, à genoux dans un buisson. Ayant distingué quelque chose de rouge à travers les feuilles, j'écartai les branches, et miss Harriet se dressa, confuse d'avoir été vue ainsi, fixant sur moi des yeux effarés comme ceux des chats-huants surpris en plein jour.

Parfois, quand je travaillais dans les rochers, je l'apercevais tout à coup sur le bord de la falaise, pareille à un signal de sémaphore. Elle regardait passionnément la vaste mer dorée de lumière et le grand ciel empourpré de feu. Parfois je la distinguais au fond d'un vallon, marchant vite, de son pas élastique d'Anglaise; et j'allais vers elle, attiré je ne sais par quoi, uniquement pour voir son visage d'illuminée, son visage sec, indicible, content d'une joie intérieure et profonde.

Souvent aussi je la rencontrais au coin d'une ferme, assise sur l'herbe, sous l'ombre d'un pommier, avec son petit livre biblique ouvert sur les genoux, et le regard flottant au loin.

Car je ne m'en allais plus, attaché dans ce pays calme par mille liens d'amour pour ses larges et doux paysages. J'étais bien dans cette ferme ignorée, loin de tout, près de la Terre, de la bonne, saine, belle et verte terre que nous engraisserons nous-mêmes de notre corps, un jour. Et peut-être, faut-il l'avouer, un rien de curiosité aussi me retenait chez la mère Leca-

cheur. J'aurais voulu connaître un peu cette
étrange miss Harriet et savoir ce qui se passe
dans les âmes solitaires de ces vieilles Anglaises
errantes.

II

Nous fîmes connaissance assez singulièrement.
Je venais d'achever une étude qui me paraissait
crâne, et qui l'était. Elle fut vendue dix mille
francs quinze ans plus tard. C'était plus simple
d'ailleurs que deux et deux font quatre et en
dehors des règles académiques. Tout le côté droit
de ma toile représentait une roche, une énorme
roche à verrues, couverte de varechs bruns,
jaunes et rouges, sur qui le soleil coulait comme
de l'huile. La lumière, sans qu'on vît l'astre caché
derrière moi, tombait sur la pierre et la dorait de
feu. C'était ça. Un premier plan étourdissant de
clarté, enflammé, superbe.

A gauche la mer, pas la mer bleue, la mer
d'ardoise, mais la mer de jade, verdâtre, laiteuse
et dure aussi sous le ciel foncé.

J'étais tellement content de mon travail que je
dansais en le rapportant à l'auberge. J'aurais
voulu que le monde entier le vît tout de suite. Je
me rappelle que je le montrai à une vache au
bord du sentier, en lui criant :

« Regarde ça, ma vieille. Tu n'en verras pas
souvent de pareilles. »

En arrivant devant la maison, j'appelai aussitôt la mère Lecacheur en braillant à tue-tête :

« Ohé! ohé! La patronne, amenez-vous et pigez-moi ça. »

La paysanne arriva et considéra mon œuvre de son œil stupide qui ne distinguait rien, qui ne voyait même pas si cela représentait un bœuf ou une maison.

Miss Harriet rentrait, et elle passait derrière moi juste au moment où, tenant ma toile à bout de bras, je la montrais à l'aubergiste. La démoniaque ne put pas ne pas la voir, car j'avais soin de présenter la chose de telle sorte qu'elle n'échappât point à son œil. Elle s'arrêta net, saisie, stupéfaite. C'était sa roche, paraît-il, celle où elle grimpait pour rêver à son aise.

Elle murmura un « Aoh! » britannique si accentué et si flatteur, que je me tournai vers elle en souriant ; et je lui dis :

« C'est ma dernière étude, mademoiselle. »

Elle murmura, extasiée, comique et attendrissante :

« Oh! monsieur, vô comprené le nature d'une fâçon palpitante. »

Je rougis, ma foi, plus ému par ce complimènt que s'il fût venu d'une reine. J'étais séduit, conquis, vaincu. Je l'aurais embrassée, parole d'honneur!

Je m'assis à table à côté d'elle, comme toujours. Pour la première fois elle parla, continuant à haute voix sa pensée : « Oh! j'aimé tant le nature! »

Je lui offris du pain, de l'eau, du vin. Elle acceptait maintenant avec un petit sourire de momie. Et je commençai à causer paysage.

Après le repas, nous étant levés ensemble, nous
nous mîmes à marcher à travers la cour; puis,
attiré sans doute par l'incendie formidable que le
soleil couchant allumait sur la mer, j'ouvris la
barrière qui donnait vers la falaise, et nous voilà
partis, côte à côte, contents comme deux personnes qui viennent de se comprendre et de se
pénétrer.

C'était un soir tiède, amolli, un de ces soirs de
bien-être où la chair et l'esprit sont heureux.
Tout est jouissance et tout est charme. L'air
tiède, embaumé, plein de senteurs d'herbes et de
senteurs d'algues, caresse l'odorat de son parfum
sauvage, caresse le palais de sa saveur marine,
caresse l'esprit de sa douceur pénétrante. Nous
allions maintenant au bord de l'abîme, au-dessus
de la vaste mer qui roulait, à cent mètres sous
nous, ses petits flots. Et nous buvions, la bouche
ouverte et la poitrine dilatée, ce souffle frais qui
avait passé l'Océan et qui nous glissait sur la
peau, lent et salé par le long baiser des vagues.

Serrée dans son châle à carreaux, l'air inspiré,
les dents au vent, l'Anglaise regardait l'énorme
soleil s'abaisser vers la mer. Devant nous, là-bas,
là-bas, à la limite de la vue, un trois-mâts
couvert de voiles dessinait sa silhouette sur le ciel
enflammé, et un vapeur, plus proche, passait en
déroulant sa fumée qui laissait derrière lui un
nuage sans fin traversant tout l'horizon.

Le globe rouge descendait toujours, lentement.
Et bientôt il toucha l'eau, juste derrière le navire
immobile qui apparut, comme dans un cadre de
feu, au milieu de l'astre éclatant. Il s'enfonçait

peu à peu, dévoré par l'Océan. On le voyait plonger, diminuer, disparaître. C'était fini. Seul le petit bâtiment montrait toujours son profil découpé sur le fond d'or du ciel lointain.

Miss Harriet contemplait d'un regard passionné la fin flamboyante du jour. Et elle avait certes une envie immodérée d'étreindre le ciel, la mer, tout l'horizon.

Elle murmura : « Aoh! j'aimé... j'aimé... j'aimé... » Je vis une larme dans son œil. Elle reprit : « Je vôdré être une petite oiseau pour m'envolé dans le firmament. »

Et elle restait debout, comme je l'avais vue souvent, piquée sur la falaise, rouge aussi dans son châle de pourpre. J'eus envie de la croquer sur mon album. On eût dit la caricature de l'extase.

Je me retournai pour ne pas sourire.

Puis, je lui parlai peinture, comme j'aurais fait à un camarade, notant les tons, les valeurs, les vigueurs, avec des termes du métier. Elle m'écoutait attentivement, comprenant, cherchant à deviner le sens obscur des mots, à pénétrer ma pensée. De temps en temps elle prononçait : « Oh! je comprené, je comprené. C'été très palpitante. »

Nous rentrâmes.

Le lendemain, en m'apercevant, elle vint vivement me tendre la main. Et nous fûmes amis tout de suite.

C'était une brave créature qui avait une sorte d'âme à ressorts, partant par bonds dans l'enthousiasme. Elle manquait d'équilibre, comme toutes les femmes restées filles à cinquante ans. Elle semblait confite dans une innocence surie; mais elle avait gardé au cœur quelque chose de très jeune, d'enflammé. Elle aimait la nature et les bêtes, de l'amour exalté, fermenté comme une boisson trop vieille, de l'amour sensuel qu'elle n'avait point donné aux hommes.

Il est certain que la vue d'une chienne allaitant, d'une jument courant dans un pré avec son poulain dans les jambes, d'un nid d'oiseau plein de petits, piaillant, le bec ouvert, la tète énorme, le corps tout nu, la faisait palpiter d'une émotion exagérée.

Pauvres êtres solitaires, errants et tristes des tables d'hôte, pauvres êtres ridicules et lamentables, je vous aime depuis que j'ai connu celui-là!

Je m'aperçus bientôt qu'elle avait quelque chose à me dire, mais elle n'osait point, et je m'amusais de sa timidité. Quand je partais, le matin, avec ma boîte sur le dos, elle m'accompagnait jusqu'au bout du village, muette, visiblement anxieuse et cherchant ses mots pour commencer. Puis elle me quittait brusquement et s'en allait vite, de son pas sautillant.

Un jour enfin, elle prit courage : « Je vôdré voir vô comment vô faites le peinture? Volé vô? Je été très curieux. » Et elle rougissait comme si elle eût prononcé des paroles extrèmement audacieuses.

Je l'emmenai au fond du Petit-Val, où je commençais une grande étude.

Elle resta debout derrière moi, suivant tous mes gestes avec une attention concentrée.

Puis soudain, craignant peut-être de me gêner, elle me dit « Merci » et s'en alla.

Mais en peu de temps elle devint plus familière et elle se mit à m'accompagner chaque jour avec un plaisir visible. Elle apportait sous son bras son pliant, ne voulant point permettre que je le prisse, et elle s'asseyait à mon côté. Elle demeurait là pendant des heures, immobile et muette, suivant de l'œil le bout de mon pinceau dans tous ses mouvements. Quand j'obtenais, par une large plaque de couleur posée brusquement avec le couteau [4], un effet juste et inattendu, elle poussait malgré elle un petit « Aoh » d'étonnement, de joie et d'admiration. Elle avait un sentiment de respect attendri pour mes toiles, de respect presque religieux pour cette reproduction humaine d'une parcelle de l'œuvre divine. Mes études lui apparaissaient comme des sortes de tableaux de sainteté; et parfois elle me parlait de Dieu, essayant de me convertir.

Oh! c'était un drôle de bonhomme que son bon Dieu, une sorte de philosophe de village, sans grands moyens et sans grande puissance, car elle se le figurait toujours désolé des injustices commises sous ses yeux — comme s'il n'avait pas pu les empêcher.

Elle était, d'ailleurs, en termes excellents avec lui, paraissant même confidente de ses secrets et de ses contrariétés. Elle disait : « Dieu veut » ou « Dieu ne veut pas », comme un sergent qui

annoncerait au conscrit que : « Le colonel il a
ordonné. »

Elle déplorait du fond du cœur mon ignorance
des intentions célestes qu'elle s'efforçait de me
révéler ; et je trouvais chaque jour dans mes
poches, dans mon chapeau quand je le laissais
par terre, dans ma boîte à couleurs, dans mes
souliers cirés devant ma porte au matin, ces
petites brochures de piété qu'elle recevait sans
doute directement du Paradis.

Je la traitais comme une ancienne amie, avec
une franchise cordiale. Mais je m'aperçus bientôt
que ses allures avaient un peu changé. Je n'y pris
pas garde dans les premiers temps.

Quand je travaillais, soit au fond de mon
vallon, soit dans quelque chemin creux, je la
voyais soudain paraître, arrivant de sa marche
rapide et scandée. Elle s'asseyait brusquement,
essoufflée comme si elle eût couru ou comme si
quelque émotion profonde l'agitait. Elle était fort
rouge, de ce rouge anglais qu'aucun autre peuple
ne possède ; puis, sans raison, elle pâlissait,
devenait couleur de terre et semblait près de
défaillir. Peu à peu, cependant, je la voyais
reprendre sa physionomie ordinaire et elle se
mettait à parler.

Puis, tout à coup, elle laissait une phrase au
milieu, se levait et se sauvait si vite et si
étrangement que je cherchais si je n'avais rien
fait qui pût lui déplaire ou la blesser.

Enfin je pensai que ce devaient être là ses
allures normales, un peu modifiées sans doute en

mon honneur dans les premiers temps de notre connaissance.

Quand elle rentrait à la ferme après des heures de marche sur la côte battue du vent, ses longs cheveux tordus en spirales s'étaient souvent déroulés et pendaient comme si leur ressort eût été cassé. Elle ne s'en inquiétait guère, autrefois, et s'en venait dîner sans gêne, dépeignée ainsi par sa sœur la brise.

Maintenant elle montait dans sa chambre pour rajuster ce que j'appelais ses verres de lampe; et quand je lui disais avec une galanterie familière qui la scandalisait toujours : « Vous êtes belle comme un astre aujourd'hui, miss Harriet », un peu de sang lui montait aussitôt aux joues, du sang de jeune fille, du sang de quinze ans.

Puis elle redevint tout à fait sauvage et cessa de venir me voir peindre. Je pensai : « C'est une crise, cela se passera. » Mais cela ne se passait point. Quand je lui parlais, maintenant, elle me répondait, soit avec une indifférence affectée, soit avec une irritation sourde. Et elle avait des brusqueries, des impatiences, des nerfs. Je ne l'apercevais qu'aux repas et nous ne causions plus guère. Je pensai vraiment que je l'avais froissée en quelque chose; et je lui demandai un soir : « Miss Harriet, pourquoi n'êtes-vous plus avec moi comme autrefois? Qu'est-ce que j'ai fait pour vous déplaire? Vous me causez beaucoup de peine! »

Elle répondit, avec un accent de colère tout à fait drôle : « J'été toujours avec vô le même

qu'autrefois. Ce n'été pas vrai, pas vrai », et elle
courut s'enfermer dans sa chambre.

Elle me regardait par moments d'une étrange
façon. Je me suis dit souvent depuis ce temps que
les condamnés à mort doivent regarder ainsi
quand on leur annonce le dernier jour. Il y avait
dans son œil une espèce de folie, une folie
mystique et violente; et autre chose encore, une
fièvre, un désir exaspéré, impatient et impuissant
de l'irréalisé et de l'irréalisable! Et il me semblait
qu'il y avait aussi en elle un combat où son cœur
luttait contre une force inconnue qu'elle voulait
dompter, et peut-être encore autre chose... Que
sais-je? que sais-je?

III

Ce fut vraiment une singulière révélation.

Depuis quelque temps je travaillais chaque
matin, dès l'aurore, à un tableau dont voici le
sujet :

Un ravin profond, encaissé, dominé par deux
talus de ronces et d'arbres s'allongeait, perdu,
noyé dans cette vapeur laiteuse, dans cette ouate
qui flotte parfois sur les vallons, au lever du jour.
Et tout au fond de cette brume épaisse et
transparente, on voyait venir, ou plutôt on
devinait, un couple humain, un gars et une fille,
embrassés, enlacés, elle la tête levée vers lui, lui
penché vers elle, et bouche à bouche.

Un premier rayon de soleil, glissant entre les

branches, traversait ce brouillard d'aurore, l'illuminait d'un reflet rose derrière les rustiques amoureux, faisait passer leurs ombres vagues dans une clarté argentée. C'était bien, ma foi, fort bien.

Je travaillais dans la descente qui mène au petit val d'Étretat. J'avais par chance, ce matin-là, la buée flottante qu'il me fallait.

Quelque chose se dressa devant moi, comme un fantôme : c'était miss Harriet. En me voyant elle voulut fuir. Mais je l'appelai, criant : « Venez, venez donc, mademoiselle, j'ai un petit tableau pour vous. »

Elle s'approcha, comme à regret. Je lui tendis mon esquisse. Elle ne dit rien, mais elle demeura longtemps immobile à regarder, et brusquement elle se mit à pleurer. Elle pleurait avec des spasmes nerveux comme les gens qui ont beaucoup lutté contre les larmes, et qui ne peuvent plus, qui s'abandonnent en résistant encore. Je me levai d'une secousse, ému moi-même de ce chagrin que je ne comprenais pas, et je lui pris les mains par un mouvement d'affection brusque, un vrai mouvement de Français qui agit plus vite qu'il ne pense.

Elle laissa quelques secondes ses mains dans les miennes, et je les sentis frémir comme si tous ses nerfs se fussent tordus. Puis elle les retira brusquement, ou plutôt, les arracha.

Je l'avais reconnu, ce frisson-là, pour l'avoir déjà senti; et rien ne m'y tromperait. Ah! le frisson d'amour d'une femme, qu'elle ait quinze ou cinquante ans, qu'elle soit du peuple ou du

monde, me va si droit au cœur que je n'hésite
jamais à le comprendre.

Tout son pauvre être avait tremblé, vibré,
défailli. Je le savais. Elle s'en alla sans que
j'eusse dit un mot, me laissant surpris comme
devant un miracle, et désolé comme si j'eusse
commis un crime.

Je ne rentrai pas pour déjeuner. J'allai faire un
tour au bord de la falaise, ayant autant envie de
pleurer que de rire, trouvant l'aventure comique
et déplorable, me sentant ridicule et la jugeant
malheureuse à devenir folle.

Je me demandais ce que je devais faire.

Je jugeai que je n'avais plus qu'à partir, et j'en
pris tout de suite la résolution.

Après avoir vagabondé jusqu'au dîner, un peu
triste, un peu rêveur, je rentrai à l'heure de la
soupe.

On se mit à table comme de coutume. Miss
Harriet était là, mangeait gravement, sans parler
à personne et sans lever les yeux. Elle avait
d'ailleurs son visage et son allure ordinaires.

J'attendis la fin du repas, puis, me tournant
vers la patronne : « Eh bien, madame Lecacheur,
je ne vais pas tarder à vous quitter. »

La bonne femme, surprise et chagrine, s'écria
de sa voix traînante : « Qué qu' vous dites là,
mon brave monsieur? vous allez nous quitter!
J'étions si bien accoutumés à vous! »

Je regardais de coin miss Harriet; sa figure
n'avait point tressailli. Mais Céleste, la petite
bonne, venait de lever les yeux vers moi. C'était
une grosse fille de dix-huit ans, rougeaude,

fraîche, forte comme un cheval, et propre, chose
rare. Je l'embrassais quelquefois dans les coins,
par habitude de coureur d'auberges, rien de plus.

Et le dîner s'acheva.

J'allai fumer ma pipe sous les pommiers, en
marchant de long en large, d'un bout à l'autre de
la cour. Toutes les réflexions que j'avais faites
dans le jour, l'étrange découverte du matin, cet
amour grotesque et passionné attaché à moi, des
souvenirs venus à la suite de cette révélation, des
souvenirs charmants et troublants, peut-être
aussi ce regard de servante levé sur moi à
l'annonce de mon départ, tout cela mêlé, com-
biné, me mettait maintenant une humeur gaillarde au corps, un picotement de baisers sur les
lèvres, et, dans les veines, ce je ne sais quoi qui
pousse à faire des bêtises.

La nuit venait, glissant son ombre sous les
arbres, et j'aperçus Céleste qui s'en allait fermer
le poulailler de l'autre côté de l'enclos. Je
m'élançai, courant à pas si légers qu'elle n'entendit rien, et comme elle se relevait, après avoir
baissé la petite trappe par où entrent et sortent
les poules, je la saisis à pleins bras, jetant sur sa
figure large et grasse une grêle de caresses. Elle se
débattait, riant tout de même, accoutumée à
cela.

Pourquoi l'ai-je lâchée vivement? Pourquoi me
suis-je retourné d'une secousse? Comment ai-je
senti quelqu'un derrière moi?

C'était miss Harriet qui rentrait, et qui nous
avait vus, et qui restait immobile comme en face
d'un spectre. Puis elle disparut dans la nuit.

Je revins honteux, troublé, plus désespéré d'avoir été surpris ainsi par elle que si elle m'avait trouvé commettant quelque acte criminel.

Je dormis mal, énervé à l'excès, hanté de pensées tristes. Il me sembla entendre pleurer. Je me trompais sans doute. Plusieurs fois aussi je crus qu'on marchait dans la maison et qu'on ouvrait la porte du dehors.

Vers le matin la fatigue m'accablant, le sommeil enfin me saisit. Je m'éveillai tard et ne me montrai que pour déjeuner, confus encore, ne sachant quelle contenance garder.

On n'avait point aperçu miss Harriet. On l'attendit; elle ne parut pas. La mère Lecacheur entra dans sa chambre, l'Anglaise était partie. Elle avait dû même sortir dès l'aurore, comme elle sortait souvent, pour voir se lever le soleil.

On ne s'en étonna point et on se mit à manger en silence.

Il faisait chaud, très chaud, c'était un de ces jours brûlants et lourds où pas une feuille ne remue. On avait tiré la table dehors, sous un pommier; et de temps en temps Sapeur allait remplir au cellier la cruche au cidre, tant on buvait. Céleste apportait les plats de la cuisine, un ragoût de mouton aux pommes de terre, un lapin sauté et une salade. Puis elle posa devant nous une assiette de cerises, les premières de la saison.

Voulant les laver et les rafraîchir, je priai la petite bonne d'aller me tirer un seau d'eau bien froide.

Elle revint au bout de cinq minutes en déclarant que le puits était tari. Ayant laissé descendre toute la corde, le seau avait touché le fond, puis il était remonté vide. La mère Lecacheur voulut se rendre compte par elle-même, et s'en alla regarder par le trou. Elle revint en annonçant qu'on voyait bien quelque chose dans son puits, quelque chose qui n'était pas naturel. Un voisin sans doute y avait jeté des bottes de paille, par vengeance.

Je voulus aussi regarder, espérant que je saurais mieux distinguer, et je me penchai sur le bord. J'aperçus vaguement un objet blanc. Mais quoi? J'eus alors l'idée de descendre une lanterne au bout d'une corde. La lueur jaune dansait sur les parois de pierre, s'enfonçant peu à peu. Nous étions tous les quatre inclinés sur l'ouverture, Sapeur et Céleste nous ayant rejoints. La lanterne s'arrêta au-dessus d'une masse indistincte, blanche et noire, singulière, incompréhensible. Sapeur s'écria :

« C'est un cheval. Je vé le sabot. Y s'ra tombé c'te nuit après s'avoir écapé du pré. »

Mais soudain, je frissonnai jusqu'aux moelles. Je venais de reconnaître un pied, puis une jambe dressée; le corps entier et l'autre jambe disparaissaient sous l'eau.

Je balbutiai, très bas, et tremblant si fort que la lanterne dansait éperdument au-dessus du soulier :

« C'est une femme qui... qui... qui est là-dedans... c'est miss Harriet. »

Sapeur seul ne sourcilla pas. Il en avait vu bien d'autres en Afrique!

La mère Lecacheur et Céleste se mirent à pousser des cris perçants, et elles s'enfuirent en courant.

Il fallut faire le sauvetage de la morte. J'attachai solidement le valet par les reins et je le descendis ensuite au moyen de la poulie, très lentement, en le regardant s'enfoncer dans l'ombre. Il tenait aux mains la lanterne et une autre corde. Bientôt sa voix, qui semblait venir du centre de la terre, cria : « Arr'tez »; et je le vis qui repêchait quelque chose dans l'eau, l'autre jambe, puis il ligatura les deux pieds ensemble et cria de nouveau : « Halez. »

Je le fis remonter; mais je me sentais les bras cassés, les muscles mous, j'avais peur de lâcher l'attache et de laisser retomber l'homme. Quand sa tête apparut à la margelle, je demandai : « Eh bien? » comme si je m'étais attendu à ce qu'il me donnât des nouvelles de celle qui était là, au fond.

Nous montâmes tous deux sur la pierre du rebord et, face à face, penchés sur l'ouverture, nous nous mîmes à hisser le corps.

La mère Lecacheur et Céleste nous guettaient de loin, cachées derrière le mur de la maison. Quand elles aperçurent, sortant du trou, les souliers noirs et les bas blancs de la noyée, elles disparurent.

Sapeur saisit les chevilles, et on la tira de là, la pauvre et chaste fille, dans la posture la plus immodeste. La tête était affreuse, noire et déchirée; et ses longs cheveux gris, tout à fait dénoués, déroulés pour toujours, pendaient, ruisselants et fangeux. Sapeur prononça d'un ton de mépris :

« Nom d'un nom, qu'all'est maigre! »

Nous la portâmes dans sa chambre, et comme les deux femmes ne reparaissaient point, je fis sa toilette mortuaire avec le valet d'écurie.

Je lavai sa triste face décomposée. Sous mon doigt un œil s'ouvrit un peu, qui me regarda de ce regard pâle, de ce regard froid, de ce regard terrible des cadavres, qui semble venir de derrière la vie. Je soignai comme je le pus ses cheveux répandus, et, de mes mains inhabiles, j'ajustai sur son front une coiffure nouvelle et singulière. Puis j'enlevai ses vêtements trempés d'eau, découvrant un peu, avec honte, comme si j'eusse commis une profanation, ses épaules et sa poitrine, et ses longs bras aussi minces que des branches.

Puis, j'allai chercher des fleurs, des coquelicots, des bluets, des marguerites et de l'herbe fraîche et parfumée, dont je couvris sa couche funèbre.

Puis il me fallut remplir les formalités d'usage, étant seul auprès d'elle. Une lettre trouvée dans sa poche, écrite au dernier moment, demandait qu'on l'enterrât dans ce village où s'étaient passés ses derniers jours. Une pensée affreuse me serra le cœur. N'était-ce point à cause de moi qu'elle voulait rester en ce lieu?

Vers le soir, les commères du voisinage s'en vinrent pour contempler la défunte; mais j'empêchai qu'on entrât; je voulais rester seul près d'elle; et je veillai toute la nuit.

Je la regardais à la lueur des chandelles, la misérable femme inconnue à tous, morte si loin, si lamentablement. Laissait-elle quelque part des amis, des parents? Qu'avaient été son enfance, sa vie? D'où venait-elle ainsi, toute seule, errante, perdue comme un chien chassé de sa maison? Quel secret de souffrance et de désespoir était enfermé dans ce corps disgracieux, dans ce corps porté, ainsi qu'une tare honteuse, durant toute son existence, enveloppe ridicule qui avait chassé loin d'elle toute affection et tout amour?

Comme il y a des êtres malheureux! Je sentais peser sur cette créature humaine l'éternelle injustice de l'implacable nature! C'était fini pour elle, sans que, peut-être, elle eût jamais eu ce qui soutient les plus déshérités, l'espérance d'être aimée une fois! Car pourquoi se cachait-elle ainsi, fuyait-elle les autres? Pourquoi aimait-elle d'une tendresse si passionnée toutes les choses et tous les êtres vivants qui ne sont point les hommes?

Et je comprenais qu'elle crût à Dieu, celle-là, et qu'elle eût espéré ailleurs la compensation de sa misère. Elle allait maintenant se décomposer et devenir plante à son tour. Elle fleurirait au soleil, serait broutée par les vaches, emportée en graine par les oiseaux, et, chair des bêtes, elle redeviendrait de la chair humaine. Mais ce qu'on appelle l'âme s'était éteint au fond du puits noir. Elle ne souffrait plus. Elle avait changé sa vie contre d'autres vies qu'elle ferait naître.

Les heures passaient dans ce tête-à-tête sinistre et silencieux. Une lueur pâle annonça l'aurore; puis un rayon rouge glissa jusqu'au lit, mit une

barre de feu sur les draps et sur les mains. C'était
l'heure qu'elle aimait tant. Les oiseaux réveillés
chantaient dans les arbres.

J'ouvris toute grande la fenêtre, j'écartai les
rideaux pour que le ciel entier nous vît, et me
penchant sur le cadavre glacé, je pris dans mes
mains la tête défigurée, puis, lentement, sans
terreur et sans dégoût, je mis un baiser, un long
baiser, sur ces lèvres qui n'en avaient jamais
reçu...

Léon Chenal se tut. Les femmes pleuraient. On
entendait sur le siège le comte d'Étraille se
moucher coup sur coup. Seul le cocher sommeil-
lait. Et les chevaux, qui ne sentaient plus le
fouet, avaient ralenti leur marche, tiraient molle-
ment. Et le break n'avançait plus qu'à peine,
devenu lourd tout à coup comme s'il eût été
chargé de tristesse.

L'HÉRITAGE [5]

A Catulle Mendès [6].

I

Bien qu'il ne fût pas encore dix heures, les employés arrivaient comme un flot sous la grande porte du ministère de la Marine [7], venus en hâte de tous les coins de Paris, car on approchait du Jour de l'an, époque de zèle et d'avancements. Un bruit de pas pressés emplissait le vaste bâtiment tortueux comme un labyrinthe et que sillonnaient d'inextricables couloirs, percés par d'innombrables portes donnant entrée dans les bureaux.

Chacun pénétrait dans sa case, serrait la main du collègue arrivé déjà, enlevait sa jaquette, passait le vieux vêtement de travail et s'asseyait devant sa table où des papiers entassés l'attendaient. Puis on allait aux nouvelles dans les bureaux voisins. On s'informait d'abord si le chef était là, s'il avait l'air bien luné, si le courrier du jour était volumineux.

Le commis d'ordre du « matériel général », M. César Cachelin, un ancien sous-officier d'infanterie de marine, devenu commis principal par la force du temps, enregistrait sur un grand livre toutes les pièces que venait d'apporter l'huissier du cabinet. En face de lui l'expéditionnaire, le père Savon, un vieil abruti célèbre dans tout le ministère par ses malheurs conjugaux, transcrivait, d'une main lente, une dépêche du chef, et s'appliquait, le corps de côté, l'œil oblique, dans une posture roide de copiste méticuleux.

M. Cachelin, un gros homme dont les cheveux blancs et courts se dressaient en brosse sur le crâne, parlait tout en accomplissant sa besogne quotidienne : « Trente-deux dépêches de Toulon. Ce port-là nous en donne autant que les quatre autres réunis. » Puis il posa au père Savon la question qu'il lui adressait tous les matins : « Eh bien, mon père Savon, comment va madame? »

Le vieux, sans interrompre sa besogne, répondit : « Vous savez bien, monsieur Cachelin, que ce sujet m'est fort pénible. »

Et le commis d'ordre se mit à rire, comme il riait tous les jours, en entendant cette même phrase.

La porte s'ouvrit et M. Maze entra. C'était un beau garçon brun, vêtu avec une élégance exagérée, et qui se jugeait déclassé, estimant son physique et ses manières au-dessus de sa position. Il portait de grosses bagues, une grosse chaîne de montre, un monocle, par chic, car il l'enlevait

pour travailler, et il avait un fréquent mouvement des poignets pour mettre bien en vue ses
manchettes ornées de gros boutons luisants.

Il demanda, dès la porte : « Beaucoup de
besogne aujourd'hui? » M. Cachelin répondit :
« C'est toujours Toulon qui donne. On voit bien
que le Jour de l'an approche; ils font du zèle, là-
bas. »

Mais un autre employé, farceur et bel esprit,
M. Pitolet, apparut à son tour et demanda
en riant : « Avec ça que nous n'en faisons pas, du
zèle? »

Puis, tirant sa montre, il déclara : « Dix heures
moins sept minutes, et tout le monde au poste!
Mazette! comment appelez-vous ça? Et je vous
parie bien que Sa Dignité M. Lesable était arrivé
à neuf heures en même temps que notre illustre
chef. »

Le commis d'ordre cessa d'écrire, posa sa
plume sur son oreille, et s'accoudant au pupitre :
« Oh! celui-là, par exemple, s'il ne réussit pas, ce
ne sera point faute de peine! »

Et M. Pitolet, s'asseyant sur le coin de la table
et balançant la jambe, répondit : « Mais il réussira, papa Cachelin, il réussira, soyez-en sûr. Je
vous parie vingt francs contre un sou qu'il sera
chef avant dix ans? »

M. Maze, qui roulait une cigarette en se
chauffant les cuisses au feu, prononça : « Zut!
Quant à moi, j'aimerais mieux rester toute ma
vie à deux mille quatre que de me décarcasser
comme lui. »

Pitolet pivota sur ses talons, et, d'un ton

goguenard : « Ce qui n'empêche pas, mon cher, que vous êtes ici, aujourd'hui 20 décembre, avant dix heures. »

Mais l'autre haussa les épaules d'un air indifférent : « Parbleu ! je ne veux pas non plus que tout le monde me passe sur le dos ! Puisque vous venez ici voir lever l'aurore, j'en fais autant, bien que je déplore votre empressement. De là à appeler le chef « cher maître » comme fait Lesable, et à partir à six heures et demie, et à emporter de la besogne à domicile, il y a loin. D'ailleurs, moi, je suis du monde, et j'ai d'autres obligations qui me prennent du temps. »

M. Cachelin avait cessé d'enregistrer et il demeurait songeur, le regard perdu devant lui. Enfin il demanda : « Croyez-vous qu'il ait encore son avancement cette année ? »

Pitolet s'écria : « Je te crois, qu'il l'aura, et plutôt dix fois qu'une. Il n'est pas roublard pour rien. »

Et on parla de l'éternelle question des avancements et des gratifications qui, depuis un mois, affolait cette grande ruche de bureaucrates, du rez-de-chaussée jusqu'au toit.

On supputait les chances, on supposait les chiffres, on balançait les titres, on s'indignait d'avance des injustices prévues. On recommençait sans fin des discussions soutenues la veille et qui devaient revenir invariablement le lendemain avec les mêmes raisons, les mêmes arguments et les mêmes mots.

Un nouveau commis entra, petit, pâle, l'air malade, M. Boissel, qui vivait comme dans un

roman d'Alexandre Dumas père. Tout pour lui
devenait aventure extraordinaire, et il racontait
chaque matin à Pitolet, son compagnon, ses
rencontres étranges de la veille au soir, les
drames supposés de sa maison, les cris poussés
dans la rue qui lui avaient fait ouvrir sa fenêtre à
trois heures vingt de la nuit. Chaque jour il avait
séparé des combattants, arrêté des chevaux,
sauvé des femmes en danger, et bien que d'une
déplorable faiblesse physique, il citait sans cesse,
d'un ton traînard et convaincu, des exploits
accomplis par la force de son bras.

Dès qu'il eut compris qu'on parlait de Lesable,
il déclara : « A quelque jour je lui dirai son fait à
ce morveux-là ; et, s'il me passe jamais sur le dos,
je le secouerai d'une telle façon que je lui
enlèverai l'envie de recommencer ! »

Maze, qui fumait toujours, ricana : « Vous
feriez bien, dit-il, de commencer dès aujourd'hui,
car je sais de source certaine que vous êtes mis de
côté cette année pour céder la place à Lesable. »

Boissel leva la main : « Je vous jure que si... »

La porte s'était ouverte encore une fois et un
jeune homme de petite taille, portant des favoris
d'officier de marine ou d'avocat, un col droit très
haut, et qui précipitait ses paroles comme s'il
n'eût jamais pu trouver le temps de terminer ce
qu'il avait à dire, entra vivement d'un air
préoccupé. Il distribua des poignées de main en
homme qui n'a pas le loisir de flâner, et s'appro-
chant du commis d'ordre : « Mon cher Cachelin,
voulez-vous me donner le dossier Chapelou, fil de
caret, Toulon, A. T. V. 1875 [8] ? »

L'employé se leva, atteignit un carton au-
dessus de sa tête, prit dedans un paquet de pièces
enfermées dans une chemise bleue, et le présentant : « Voici, monsieur Lesable, vous n'ignorez
pas que le chef a enlevé hier trois dépêches dans
ce dossier?

— Oui. Je les ai, merci. »

Et le jeune homme sortit d'un pas pressé.

A peine fut-il parti, Maze déclara : « Hein! quel
chic! On jurerait qu'il est déjà chef. »

Et Pitolet répliqua : « Patience! patience! il le
sera avant nous tous. »

M. Cachelin ne s'était pas remis à écrire. On
eût dit qu'une pensée fixe l'obsédait. Il demanda
encore : « Il a un bel avenir, ce garçon-là? »

Et Maze murmura d'un ton dédaigneux :
« Pour ceux qui jugent le ministère une carrière
— oui. — Pour les autres — c'est peu... »

Pitolet l'interrompit : « Vous avez peut-être
l'intention de devenir ambassadeur? »

L'autre fit un geste impatient : « Il ne s'agit
pas de moi. Moi, je m'en fiche! Cela n'empêche
que la situation de chef de bureau ne sera jamais
grand-chose dans le monde. »

Le père Savon, l'expéditionnaire, n'avait point
cessé de copier. Mais depuis quelques instants, il
trempait coup sur coup sa plume dans l'encrier,
puis l'essuyait obstinément sur l'éponge imbibée
d'eau qui entourait le godet, sans parvenir à
tracer une lettre. Le liquide noir glissait le long
de la pointe de métal et tombait, en pâtés ronds,
sur le papier. Le bonhomme, effaré et désolé,
regardait son expédition qu'il lui faudrait recom-

mencer, comme tant d'autres depuis quelque temps, et il dit, d'une voix basse et triste :

« Voici encore de l'encre falsifiée!... »

Un éclat de rire violent jaillit de toutes les bouches. Cachelin secouait la table avec son ventre; Maze se courbait en deux comme s'il allait entrer à reculons dans la cheminée; Pitolet tapait du pied, toussait, agitait sa main droite comme si elle eût été mouillée, et Boissel lui-même étouffait, bien qu'il prît généralement les choses plutôt au tragique qu'au comique.

Mais le père Savon, essuyant enfin sa plume au pan de sa redingote, reprit : « Il n'y a pas de quoi rire. Je suis obligé de refaire deux ou trois fois tout mon travail. »

Il tira de son buvard une autre feuille, ajusta dedans son transparent et recommença l'en-tête : « Monsieur le ministre et cher collègue... » La plume maintenant gardait l'encre et traçait les lettres nettement. Et le vieux reprit sa pose oblique et continua sa copie.

Les autres n'avaient point cessé de rire. Ils s'étranglaient. C'est que depuis bientôt six mois on continuait la même farce au bonhomme, qui ne s'apercevait de rien. Elle consistait à verser quelques gouttes d'huile sur l'éponge mouillée pour décrasser les plumes. L'acier, se trouvant ainsi enduit de liquide gras, ne prenait plus l'encre; et l'expéditionnaire passait des heures à s'étonner et à se désoler, usait des boîtes de plumes et des bouteilles d'encre, et déclarait enfin que les fournitures de bureau étaient devenues tout à fait défectueuses.

Alors la charge avait tourné à l'obsession et au supplice. On mêlait de la poudre de chasse au tabac du vieux, on versait des drogues dans sa carafe d'eau, dont il buvait un verre de temps en temps, et on lui avait fait croire que, depuis la Commune, la plupart des matières d'un usage courant avaient été falsifiées ainsi par les socialistes, pour faire du tort au gouvernement et amener une révolution.

Il en avait conçu une haine effroyable contre les anarchistes, qu'il croyait embusqués partout, cachés partout, et une peur mystérieuse d'un inconnu voilé et redoutable.

Mais un coup de sonnette brusque tinta dans le corridor. On le connaissait bien, ce coup de sonnette rageur du chef, M. Torchebeuf; et chacun s'élança vers la porte afin de regagner son compartiment.

Cachelin se remit à enregistrer, puis il posa de nouveau sa plume et prit sa tête dans ses mains pour réfléchir.

Il mûrissait une idée qui le tracassait depuis quelque temps. Ancien sous-officier d'infanterie de marine réformé après trois blessures reçues, une au Sénégal et deux en Cochinchine, et entré au ministère par faveur exceptionnelle, il avait eu à endurer bien des misères, des duretés et des déboires dans sa longue carrière d'infime subordonné; aussi considérait-il l'autorité, l'autorité officielle, comme la plus belle chose du monde. Un chef de bureau lui semblait un être d'exception, vivant dans une sphère supérieure; et les employés dont il entendait dire : « C'est un malin, il arrivera vite », lui apparaissaient comme d'une autre race, d'une autre nature que lui.

Il avait donc pour son collègue Lesable une considération supérieure qui touchait à la vénération, et il nourrissait le désir secret, le désir obstiné de lui faire épouser sa fille.

Elle serait riche un jour, très riche. Cela était connu du ministère tout entier, car sa sœur à lui, Mlle Cachelin, possédait un million, un million net, liquide et solide, acquis par l'amour, disait-on, mais purifié par une dévotion tardive.

La vieille fille, qui avait été galante, s'était retirée avec cinq cent mille francs, qu'elle avait plus que doublés en dix-huit ans, grâce à une économie féroce et à des habitudes de vie plus que modestes. Elle habitait depuis longtemps chez son frère, demeuré veuf avec une fillette, Coralie; mais elle ne contribuait que d'une façon insignifiante aux dépenses de la maison, gardant et accumulant son or, et répétant sans cesse à Cachelin : « Ça ne fait rien, puisque c'est pour ta fille, mais marie-la vite, car je veux voir mes petits-neveux. C'est elle qui me donnera cette joie d'embrasser un enfant de notre sang. »

La chose était connue dans l'administration; et les prétendants ne manquaient point. On disait que Maze lui-même, le beau Maze, le lion du bureau, tournait autour du père Cachelin avec une intention visible. Mais l'ancien sergent, un roublard qui avait roulé sous toutes les latitudes, voulait un garçon d'avenir, un garçon qui serait chef et qui reverserait de la considération sur lui, César, le vieux sous-off. Lesable faisait admirablement son affaire, et il cherchait depuis longtemps un moyen de l'attirer chez lui.

Tout d'un coup, il se dressa en se frottant les mains. Il avait trouvé.

Il connaissait bien le faible de chacun. On ne pouvait prendre Lesable que par la vanité, la vanité professionnelle. Il irait lui demander sa protection comme on va chez un sénateur ou chez un député, comme on va chez un haut personnage.

N'ayant point eu d'avancement depuis cinq ans, Cachelin se considérait comme bien certain d'en obtenir un cette année. Il ferait donc semblant de croire qu'il le devait à Lesable et l'inviterait à dîner comme remerciement.

Aussitôt son projet conçu, il en commença l'exécution. Il décrocha dans son armoire son veston de rue, ôta le vieux, et, prenant toutes les pièces enregistrées qui concernaient le service de son collègue, il se rendit au bureau que cet employé occupait tout seul, par faveur spéciale, en raison de son zèle et de l'importance de ses attributions.

Le jeune homme écrivait sur une grande table, au milieu de dossiers ouverts et de papiers épars, numérotés avec de l'encre rouge ou bleue.

Dès qu'il vit entrer le commis d'ordre, il demanda, d'un ton familier où perçait une considération : « Eh bien, mon cher, m'apportez-vous beaucoup d'affaires?

— Oui, pas mal. Et puis je voudrais vous parler.

— Asseyez-vous, mon ami, je vous écoute. »

Cachelin s'assit, toussota, prit un air troublé, et, d'une voix mal assurée : « Voici ce qui m'amène, monsieur Lesable. Je n'irai pas par quatre chemins. Je serai franc comme un vieux soldat. Je viens vous demander un service.

— Lequel?

— En deux mots. J'ai besoin d'obtenir mon avancement cette année. Je n'ai personne pour me protéger, moi, et j'ai pensé à vous. »

Lesable rougit un peu, étonné, content, plein d'une orgueilleuse confusion. Il répondit cependant :

« Mais je ne suis rien ici, mon ami. Je suis beaucoup moins que vous qui allez être commis principal. Je ne puis rien. Croyez que... »

Cachelin lui coupa la parole avec une brusquerie pleine de respect : « Tra la la. Vous avez l'oreille du chef, et si vous lui dites un mot pour moi, je passe. Songez que j'aurai droit à ma retraite dans dix-huit mois, et cela me fera cinq cents francs de moins si je n'obtiens rien au premier janvier. Je sais bien qu'on dit : « Cachelin n'est pas gêné, sa sœur a un million. » Ça, c'est vrai, que ma sœur a un million, mais il fait des petits son million, et elle n'en donne pas. C'est pour ma fille, c'est encore vrai; mais, ma fille et moi, ça fait deux. Je serai bien avancé, moi, quand ma fille et mon gendre rouleront carrosse, si je n'ai rien à me mettre sous la dent. Vous comprenez la situation, n'est-ce pas? »

Lesable opina du front : « C'est juste, très juste, ce que vous dites là. Votre gendre peut n'être pas parfait pour vous. Et on est toujours bien aise d'ailleurs de ne rien devoir à personne. Enfin je vous promets de faire mon possible, je parlerai au chef, je lui exposerai le cas, j'insisterai s'il le faut. Comptez sur moi! »

Cachelin se leva, prit les deux mains de son collègue, les serra en les secouant d'une façon militaire; et il bredouilla : « Merci, merci, comptez que si je rencontre jamais l'occasion... Si je peux jamais... » Il n'acheva pas, ne trouvant point de fin pour sa phrase, et il s'en alla en faisant retentir par le corridor son pas rythmé d'ancien troupier.

Mais il entendit de loin une sonnette irritée qui tintait, et il se mit à courir, car il avait reconnu le timbre. C'était le chef, M. Torchebeuf, qui demandait son commis d'ordre.

Huit jours plus tard, Cachelin trouva un matin sur son bureau une lettre cachetée qui contenait ceci :

Mon cher collègue, je suis heureux de vous annoncer que le ministre, sur la proposition de notre directeur et de notre chef, a signé hier votre nomination de commis principal. Vous en recevrez demain la notification officielle. Jusque-là vous ne savez rien, n'est-ce pas?

    Bien à vous,

LESABLE.

César courut aussitôt au bureau de son jeune collègue, le remercia, s'excusa, offrit son dévouement, se confondit en gratitude.

On apprit en effet, le lendemain, que MM. Lesable et Cachelin avaient chacun un avancement. Les autres employés attendraient une année meilleure et toucheraient, comme compensation, une gratification qui variait entre cent cinquante et trois cents francs.

M. Boissel déclara qu'il guetterait Lesable au coin de sa rue, à minuit, un de ces soirs, et qu'il lui administrerait une rossée à le laisser sur place. Les autres employés se turent.

Le lundi suivant, Cachelin, dès son arrivée, se rendit au bureau de son protecteur, entra avec solennité et d'un ton cérémonieux : « J'espère que vous voudrez bien me faire l'honneur de venir dîner chez nous à l'occasion des Rois. Vous choisirez vous-même le jour. »

Le jeune homme, un peu surpris, leva la tête et planta ses yeux dans les yeux de son collègue; puis il répondit, sans détourner son regard pour bien lire la pensée de l'autre : « Mais, mon cher, c'est que... tous mes soirs sont promis d'ici quelque temps. »

Cachelin insista, d'un ton bonhomme : « Voyons, ne nous faites pas le chagrin de nous refuser après le service que vous nous avez rendu. Je vous en prie, au nom de ma famille et au mien. »

Lesable, perplexe, hésitait. Il avait compris, mais il ne savait que répondre, n'ayant pas eu le temps de réfléchir et de peser le pour et le contre. Enfin, il pensa : « Je ne m'engage à rien en allant dîner », et il accepta d'un air satisfait en choisissant le samedi suivant. Il ajouta, souriant :

« pour n'avoir pas à me lever trop tôt le
lendemain. »

II

M. Cachelin habitait dans le haut de la rue
Rochechouart, au cinquième étage, un petit
appartement avec terrasse, d'où l'on voyait tout
Paris. Il avait trois chambres, une pour sa sœur,
une pour sa fille, une pour lui; la salle à manger
servait de salon.

Pendant toute la semaine il s'agita en prévision
de ce dîner. Le menu fut longuement discuté
pour composer en même temps un repas bourgeois et distingué. Il fut arrêté ainsi : un
consommé aux œufs, des hors-d'œuvre, crevettes
et saucisson, un homard, un beau poulet, des
petits pois conservés, un pâté de foie gras, une
salade, une glace, et du dessert.

Le foie gras fut acheté chez le charcutier
voisin, avec recommandation de le fournir de
première qualité. La terrine coûtait d'ailleurs
trois francs cinquante. Quant au vin, Cachelin
s'adressa au marchand de vin du coin qui lui
fournissait au litre le breuvage rouge dont il se
désaltérait d'ordinaire. Il ne voulut pas aller dans
une grande maison, par suite de ce raisonnement : « Les petits débitants trouvent peu d'occasions de vendre leurs vins fins. De sorte qu'ils
les conservent très longtemps en cave et qu'ils les
ont excellents. »

Il rentra de meilleure heure le samedi pour s'assurer que tout était prêt. Sa bonne, qui vint lui ouvrir, était plus rouge qu'une tomate, car son fourneau, allumé depuis midi, par crainte de ne pas arriver à temps, lui avait rôti la figure tout le jour; et l'émotion aussi l'agitait.

Il entra dans la salle à manger pour tout vérifier. Au milieu de la petite pièce, la table ronde faisait une grande tache blanche, sous la lumière vive de la lampe coiffée d'un abat-jour vert.

Les quatre assiettes, couvertes d'une serviette pliée en bonnet d'évêque par Mlle Cachelin, la tante, étaient flanquées des couverts de métal blanc et précédées de deux verres, un grand et un petit. César trouva cela insuffisant comme coup d'œil, et il appela : « Charlotte! »

La porte de gauche s'ouvrit et une courte vieille parut. Plus âgée que son frère de dix ans, elle avait une étroite figure qu'encadraient des frisons de cheveux blancs obtenus au moyen de papillotes. Sa voix mince semblait trop faible pour son petit corps courbé, et elle allait d'un pas un peu traînant, avec des gestes endormis.

On disait d'elle, au temps de sa jeunesse : « Quelle mignonne créature! »

Elle était maintenant une maigre vieille, très propre par suite d'habitudes anciennes, volontaire, entêtée, avec un esprit étroit, méticuleux, et facilement irritable. Devenue très dévote, elle semblait avoir totalement oublié les aventures des jours passés.

Elle demanda : « Qu'est-ce que tu veux? »

Il répondit : « Je trouve que deux verres ne font pas grand effet. Si on donnait du champagne... Cela ne me coûtera jamais plus de trois ou quatre francs, et on pourrait mettre tout de suite les flûtes. On changerait tout à fait l'aspect de la salle. »

Mlle Charlotte reprit : « Je ne vois pas l'utilité de cette dépense. Enfin, c'est toi qui paies, cela ne me regarde pas. »

Il hésitait, cherchant à se convaincre lui-même : « Je t'assure que cela fera mieux. Et puis, pour le gâteau des Rois, ça animera. » Cette raison l'avait décidé. Il prit son chapeau et redescendit l'escalier, puis revint au bout de cinq minutes avec une bouteille qui portait au flanc, sur une large étiquette blanche ornée d'armoiries énormes : « Grand vin mousseux de Champagne du comte de Chatel-Rénovau. »

Et Cachelin déclara : « Il ne me coûte que trois francs, et il paraît qu'il est exquis. »

Il prit lui-même les flûtes dans une armoire et les plaça devant les convives.

La porte de droite s'ouvrit. Sa fille entra. Elle était grande, grasse et rose, une belle fille de forte race, avec des cheveux châtains et des yeux bleus. Une robe simple dessinait sa taille ronde et souple ; sa voix forte, presque une voix d'homme, avait ces notes graves qui font vibrer les nerfs. Elle s'écria : « Dieu ! du champagne ! quel bonheur ! » en battant des mains d'une manière enfantine.

Son père lui dit : « Surtout, sois aimable pour

ce monsieur qui m'a rendu beaucoup de services. »

Elle se mit à rire d'un rire sonore qui disait : « Je sais. »

Le timbre du vestibule tinta, des portes s'ouvrirent et se fermèrent. Lesable parut. Il portait un habit noir, une cravate blanche et des gants blancs. Il fit un effet. Cachelin s'était élancé, confus et ravi : « Mais, mon cher, c'était entre nous; voyez, moi, je suis en veston. »

Le jeune homme répondit : « Je sais, vous me l'aviez dit, mais j'ai l'habitude de ne jamais sortir le soir sans mon habit. » Il saluait, le claque sous le bras, une fleur à la boutonnière. César lui présenta : « Ma sœur, Mlle Charlotte — ma fille, Coralie, que nous appelons familièrement Cora. »

Tout le monde s'inclina. Cachelin reprit : « Nous n'avons pas de salon. C'est un peu gênant, mais on s'y fait. » Lesable répliqua : « C'est charmant ! »

Puis on le débarrassa de son chapeau qu'il voulait garder. Et il se mit aussitôt à retirer ses gants.

On s'était assis; on le regardait de loin, à travers la table, et on ne disait plus rien. Cachelin demanda : « Est-ce que le chef est resté tard? Moi, je suis parti de bonne heure pour aider ces dames. »

Lesable répondit d'un ton dégagé : « Non. Nous sommes sortis ensemble parce que nous avions à parler de la solution des toiles de prélarts de Brest[9]. C'est une affaire fort compliquée qui nous donnera bien du mal. »

Cachelin crut devoir mettre sa sœur au courant, et se tournant vers elle : « Toutes les questions difficiles au bureau, c'est M. Lesable qui les traite. On peut dire qu'il double le chef. »

La vieille fille salua poliment en déclarant : « Oh! je sais que monsieur a beaucoup de capacités. »

La bonne entra, poussant la porte du genou et tenant en l'air, des deux mains, une grande soupière. Alors « le maître » cria : « Allons, à table! Placez-vous là, monsieur Lesable, entre ma sœur et ma fille. Je pense que vous n'avez pas peur des dames. » Et le dîner commença.

Lesable faisait l'aimable, avec un petit air de suffisance, presque de condescendance, et il regardait de coin la jeune fille, s'étonnant de sa fraîcheur, de sa belle santé appétissante. Mlle Charlotte se mettait en frais, sachant les intentions de son frère, et elle soutenait la conversation banale accrochée à tous les lieux communs. Cachelin, radieux, parlait haut, plaisantait, versait le vin acheté une heure plus tôt chez le marchand du coin : « Un verre de ce petit bourgogne, monsieur Lesable. Je ne vous dis pas que ce soit un grand cru, mais il est bon, il a de la cave et il est naturel; quant à ça, j'en réponds. Nous l'avons par des amis qui sont de là-bas. »

La jeune fille ne disait rien, un peu rouge, un peu timide, gênée par le voisinage de cet homme dont elle soupçonnait les pensées.

Quand le homard apparut, César déclara : « Voilà un personnage avec qui je ferais volontiers connaissance. » Lesable, souriant, raconta qu'un écrivain avait appelé le homard « le cardinal des mers », ne sachant pas qu'avant d'être cuit cet animal était noir. Cachelin se mit à rire de toute sa force en répétant : « Ah! ah! ah! elle est bien drôle. » Mais Mlle Charlotte, devenue sérieuse, prononça : « Je ne vois pas quel rapport on a pu faire. Ce monsieur-là était déplacé. Moi, je comprends toutes les plaisanteries, toutes, mais je m'oppose à ce qu'on ridiculise le clergé devant moi. »

Le jeune homme, qui voulait plaire à la vieille fille, profita de l'occasion pour faire une profession de foi catholique. Il parla des gens de mauvais goût qui traitent avec légèreté les grandes vérités. Et il conclut : « Moi, je respecte et je vénère la religion de mes pères, j'y ai été élevé, j'y resterai jusqu'à ma mort. »

Cachelin ne riait plus. Il roulait des boulettes de pain en murmurant : « C'est juste, c'est juste. » Puis il changea la conversation, qui l'ennuyait, et par une pente d'esprit naturelle à tous ceux qui accomplissent chaque jour la même besogne, il demanda : « Le beau Maze a-t-il dû rager de n'avoir pas son avancement, hein? »

Lesable sourit : « Que voulez-vous? à chacun selon ses actes! » Et on causa du ministère, ce qui passionnait tout le monde, car les deux femmes connaissaient les employés presque autant que Cachelin lui-même, à force d'entendre parler d'eux chaque soir. Mlle Charlotte s'occupait beaucoup de Boissel, à cause des aventures qu'il racontait et de son esprit romanesque; et

Mlle Cora s'intéressait secrètement au beau Maze.
Elles ne les avaient jamais vus, d'ailleurs.

Lesable parlait d'eux avec un ton de supério-
rité, comme aurait pu le faire un ministre jugeant
son personnel.

On l'écoutait : « Maze ne manque point d'un
certain mérite; mais quand on veut arriver, il
faut travailler plus que lui. Il aime le monde, les
plaisirs. Tout cela apporte un trouble dans
l'esprit. Il n'ira jamais loin, par sa faute. Il sera
sous-chef, peut-être, grâce à ses influences, mais
rien de plus. Quant à Pitolet, il rédige bien, il
faut le reconnaître, il a une élégance de forme
qu'on ne peut nier, mais pas de fond. Chez lui
tout est en surface. C'est un garçon qu'on ne
pourrait mettre à la tête d'un service important,
mais qui pourrait être utilisé par un chef intelli-
gent en lui mâchant la besogne. »

Mlle Charlotte demanda : « Et M. Boissel? »

Lesable haussa les épaules : « Un pauvre sire,
un pauvre sire. Il ne voit rien dans les propor-
tions exactes. Il se figure des histoires à dormir
debout. Pour nous, c'est une non-valeur. »

Cachelin se mit à rire et déclara : « Le meilleur,
c'est le père Savon. » Et tout le monde rit.

Puis on parla des théâtres et des pièces de
l'année. Lesable jugea avec la même autorité la
littérature dramatique, classant les auteurs nettement, déterminant le fort et le faible de chacun
avec l'assurance ordinaire des hommes qui se
sentent infaillibles et universels.

On avait fini le rôti. César maintenant décoif-
fait la terrine de foie gras avec des précautions

délicates qui faisaient bien juger du contenu. Il
dit : « Je ne sais pas si celle-là sera réussie. Mais
généralement elles sont parfaites. Nous les rece-
vons d'un cousin qui habite Strasbourg. »

Et chacun mangea avec une lenteur respec-
tueuse la charcuterie enfermée dans le pot de terre
jaune.

Quand la glace apparut, ce fut un désastre.
C'était une sauce, une soupe, un liquide clair,
flottant dans un compotier. La petite bonne
avait prié le garçon pâtissier, venu dès sept
heures, de la sortir du moule lui-même, dans la
crainte de ne pas savoir s'y prendre.

Cachelin, désolé, voulait la faire reporter, puis
il se calma à la pensée du gâteau des Rois, qu'il
partagea avec mystère comme s'il eût enfermé un
secret de premier ordre. Tout le monde fixait ses
regards sur cette galette symbolique et on la fit
passer, en recommandant à chacun de fermer les
yeux pour prendre son morceau.

Qui aurait la fève? Un sourire niais errait sur
les lèvres. M. Lesable poussa un petit « Ah ! »
d'étonnement et montra entre son pouce et son
index un gros haricot blanc encore couvert de
pâte. Et Cachelin se mit à applaudir, puis il cria :
« Choisissez la reine ! choisissez la reine ! »

Une courte hésitation eut lieu dans l'esprit du
roi. Ne ferait-il pas un acte politique en choisissant Mlle Charlotte? Elle serait flattée, gagnée,
acquise ! Puis il réfléchit qu'en vérité, c'était pour
Mlle Cora qu'on l'invitait et qu'il aurait l'air d'un
sot en prenant la tante. Il se tourna donc vers sa
jeune voisine, et lui présentant le pois souverain :

« Mademoiselle, voulez-vous me permettre de vous l'offrir? » Et ils se regardèrent en face pour la première fois. Elle dit : « Merci, monsieur! » et reçut le gage de grandeur.

Il pensait : « Elle est vraiment jolie, cette fille. Elle a des yeux superbes. Et c'est une gaillarde, mâtin! »

Une détonation fit sauter les deux femmes. Cachelin venait de déboucher le champagne, qui s'échappait avec impétuosité de la bouteille et coulait sur la nappe. Puis les verres furent emplis de mousse, et le patron déclara : « Il est de bonne qualité, on le voit. » Mais comme Lesable allait boire pour empêcher son verre de déborder, César s'écria : « Le roi boit! le roi boit! le roi boit! » Et Mlle Charlotte, émoustillée aussi, glapit de sa voix aiguë : « Le roi boit! le roi boit! »

Lesable vida son verre avec assurance, et le reposant sur la table : « Vous voyez que j'ai de l'aplomb! » puis, se tournant vers Mlle Cora : « A vous, mademoiselle! »

Elle voulut boire; mais tout le monde ayant crié : « La reine boit! la reine boit! » elle rougit, se mit à rire et reposa la flûte devant elle.

La fin du dîner fut pleine de gaieté, le roi se montrait empressé et galant pour la reine. Puis, quand on eut pris les liqueurs, Cachelin annonça : « On va desservir pour nous faire de la place. S'il ne pleut pas, nous pouvons passer une minute sur la terrasse. » Il tenait à montrer la vue, bien qu'il fît nuit.

On ouvrit donc la porte vitrée. Un souffle humide entra. Il faisait tiède dehors, comme au

mois d'avril; et tous montèrent le pas qui
séparait la salle à manger du large balcon. On ne
voyait rien qu'une lueur vague planant sur la
grande ville, comme ces couronnes de feu qu'on
met au front des saints. De place en place cette
clarté semblait plus vive, et Cachelin se mit à
expliquer : « Tenez, là-bas, c'est l'Eden qui brille
comme ça. Voici la ligne des boulevards. Hein!
comme on les distingue. Dans le jour, c'est
splendide, la vue d'ici. Vous auriez beau voyager,
vous ne verriez rien de mieux. »

Lesable s'était accoudé sur la balustrade de fer,
à côté de Cora qui regardait dans le vide, muette,
distraite, saisie tout à coup par une de ces
langueurs mélancoliques qui engourdissent parfois les âmes. Mlle Charlotte rentra dans la salle
par crainte de l'humidité. Cachelin continua à
parler, le bras tendu, indiquant les directions où
se trouvaient les Invalides, le Trocadéro, l'arc de
triomphe de l'Etoile.

Lesable, à mi-voix, demanda : « Et vous,
mademoiselle Cora, aimez-vous regarder Paris de
là-haut? »

Elle eut une petite secousse, comme s'il l'avait
réveillée, et répondit : « Moi?... oui, le soir surtout, je pense à ce qui se passe là, devant nous.
Combien il y a de gens heureux et de gens malheureux dans toutes ces maisons! Si on pouvait
tout voir, combien on apprendrait de choses! »

Il s'était rapproché jusqu'à ce que leurs coudes
et leurs épaules se touchassent : « Par les clairs de
lune, ça doit être féerique? »

Elle murmura : « Je crois bien. On dirait une

gravure de Gustave Doré. Quel plaisir on éprou-
verait à pouvoir se promener longtemps, sur les
toits. »

Alors il la questionna sur ses goûts, sur ses
rêves, sur ses plaisirs. Et elle répondait sans
embarras, en fille réfléchie, sensée, pas plus
songeuse qu'il ne faut. Il la trouvait pleine de
bon sens, et il se disait qu'il serait vraiment doux
de pouvoir passer son bras autour de cette taille
ronde et ferme et d'embrasser longuement à
petits baisers lents, comme on boit à petits coups
de très bonne eau-de-vie, cette joue fraîche,
auprès de l'oreille, qu'éclairait un reflet de lampe.
Il se sentait attiré, ému par cette sensation de la
femme si proche, par cette soif de la chair mûre
et vierge, et par cette séduction délicate de la
jeune fille. Il lui semblait qu'il serait demeuré là
pendant des heures, des nuits, des semaines,
toujours, accoudé près d'elle, à la sentir près de
lui, pénétré par le charme de son contact. Et
quelque chose comme un sentiment poétique
soulevait son cœur en face du grand Paris étendu
devant lui, illuminé, vivant de sa vie nocturne, sa
vie de plaisir et de débauche. Il lui semblait qu'il
dominait la ville énorme, qu'il planait sur elle; et
il sentait qu'il serait délicieux de s'accouder,
chaque soir sur ce balcon auprès d'une femme,
et de s'aimer, de se baiser les lèvres, de s'é-
treindre au-dessus de la vaste cité, au-dessus de
toutes les amours qu'elle enfermait, au-dessus de
toutes les satisfactions vulgaires, au-dessus de
tous les désirs communs, tout près des étoiles.

Il est des soirs où les âmes les moins exaltées se

mettent à rêver, comme s'il leur poussait des
ailes. Il était peut-être un peu gris.

Cachelin, parti pour chercher sa pipe, revint en
l'allumant : « Je sais, dit-il, que vous ne fumez
pas, aussi je ne vous offre point de cigarettes. Il
n'y a rien de meilleur que d'en griller une ici.
Moi, s'il me fallait habiter en bas, je ne vivrais
pas. Nous le pourrions, car la maison appartient
à ma sœur ainsi que les deux voisines, celle de
gauche et celle de droite. Elle a là un joli revenu.
Ça ne lui a pas coûté cher dans le temps, ces
maisons-là. » Et, se tournant vers la salle, il cria :
« Combien donc as-tu payé les terrains d'ici,
Charlotte? »

Alors la voix pointue de la vieille fille se mit à
parler. Lesable n'entendait que des lambeaux de
phrase. « ... En mil huit cent soixante-trois...
trente-cinq francs... bâti plus tard... les trois
maisons... un banquier... revendu au moins cinq
cent mille francs... »

Elle racontait sa fortune avec la complaisance
d'un vieux soldat qui dit ses campagnes. Elle
énumérait ses achats, les propositions qu'on lui
avait faites depuis, les plus-values, etc.

Lesable, tout à fait intéressé, se retourna,
appuyant maintenant son dos à la balustrade de
la terrasse. Mais comme il ne saisissait encore que
des bribes de l'explication, il abandonna brusquement sa jeune voisine et rentra pour tout
entendre; et s'asseyant à côté de M\ue Charlotte,
il s'entretint longuement avec elle de l'augmentation probable des loyers et de ce que peut

rapporter l'argent bien placé, en valeur ou en biens-fonds.

Il s'en alla vers minuit, en promettant de revenir.

Un mois plus tard, il n'était bruit dans tout le ministère que du mariage de Jacques-Léopold Lesable avec Mlle Céleste-Coralie Cachelin.

III

Le jeune ménage s'installa sur le même palier que Cachelin et que Mlle Charlotte, dans un logement pareil au leur et dont on expulsa le locataire.

Une inquiétude, cependant, agitait l'esprit de Lesable : la tante n'avait voulu assurer son héritage à Cora par aucun acte définitif. Elle avait cependant consenti à jurer « devant Dieu » que son testament était fait et déposé chez maître Belhomme, notaire. Elle avait promis, en outre, que toute sa fortune reviendrait à sa nièce, sous réserve d'une condition. Pressée de révéler cette condition, elle refusa de s'expliquer mais elle avait encore juré avec un petit sourire bienveillant que c'était facile à remplir.

Devant ces explications et cet entêtement de vieille dévote, Lesable crut devoir passer outre, et comme la jeune fille lui plaisait beaucoup, son désir triomphant de ses incertitudes, il s'était rendu aux efforts obstinés de Cachelin.

Maintenant il était heureux, bien que harcelé

toujours par un doute. Et il aimait sa femme qui n'avait en rien trompé ses attentes. Sa vie s'écoulait, tranquille et monotone. Il s'était fait d'ailleurs en quelques semaines à sa nouvelle situation d'homme marié, et il continuait à se montrer l'employé accompli de jadis.

L'année s'écoula. Le Jour de l'an revint. Il n'eut pas, à sa grande surprise, l'avancement sur lequel il comptait. Maze et Pitolet passèrent seuls au grade au-dessus; et Boissel déclara confidentiellement à Cachelin qu'il se promettait de flanquer une roulée à ses deux confrères, un soir, en sortant, en face de la grande porte, devant tout le monde. Il n'en fit rien.

Pendant huit jours, Lesable ne dormit point d'angoisse de ne pas avoir été promu, malgré son zèle. Il faisait pourtant une besogne de chien; il remplaçait indéfiniment le sous-chef, M. Rabot, malade neuf mois par an à l'hôpital du Val-de-Grâce; il arrivait tous les matins à huit heures et demie; il partait tous les soirs à six heures et demie. Que voulait-on de plus? Si on ne lui savait pas gré d'un pareil travail et d'un semblable effort, il ferait comme les autres, voilà tout. A chacun suivant sa peine. Comment donc M. Torchebeuf, qui le traitait ainsi qu'un fils, avait-il pu le sacrifier? Il voulait en avoir le cœur net. Il irait trouver le chef et s'expliquerait avec lui.

Donc, un lundi matin, avant la venue de ses confrères, il frappa à la porte de ce potentat.

Une voix aigre cria : « Entrez! » Il entra.

Assis devant une grande table couverte de paperasses, tout petit avec une grosse tête qui semblait posée sur son buvard, M. Torchebeuf écrivait. Il dit, en apercevant son employé préféré : « Bonjour, Lesable; vous allez bien? »

Le jeune homme répondit : « Bonjour, cher maître, fort bien, et vous-même? »

Le chef cessa d'écrire et fit pivoter son fauteuil. Son corps mince, frêle, maigre, serré dans une redingote noire de forme sérieuse, semblait tout à fait disproportionné avec le grand siège à dossier de cuir. Une rosette d'officier de la Légion d'honneur, énorme, éclatante, mille fois trop large aussi pour la personne qui la portait, brillait comme un charbon rouge sur la poitrine étroite, écrasée sous un crâne considérable, comme si l'individu tout entier se fût développé en dôme à la façon des champignons.

La mâchoire était pointue, les joues creuses, les yeux saillants, et le front démesuré, couvert de cheveux blancs rejetés en arrière.

M. Torchebeuf prononça : « Asseyez-vous, mon ami, et dites-moi ce qui vous amène. »

Pour tous les autres employés il se montrait d'une rudesse militaire, se considérant comme un capitaine à son bord, car le ministère représentait pour lui un grand navire, le vaisseau amiral de toutes les flottes françaises.

Lesable, un peu ému, un peu pâle, balbutia :

« Cher maître, je viens vous demander si j'ai démérité en quelque chose?

— Mais non, mon cher, pourquoi me posez-vous cette question-là?

— C'est que j'ai été un peu surpris de ne pas recevoir d'avancement cette année comme les années dernières. Permettez-moi de m'expliquer jusqu'au bout, cher maître, en vous demandant pardon de mon audace. Je sais que j'ai obtenu de vous des faveurs exceptionnelles et des avantages inespérés. Je sais que l'avancement ne se donne, en général, que tous les deux ou trois ans; mais permettez-moi encore de vous faire remarquer que je fournis au bureau à peu près quatre fois la somme de travail d'un employé ordinaire et deux fois au moins la somme de temps. Si donc on mettait en balance le résultat de mes efforts comme labeur et le résultat comme rémunération, on trouverait certes celui-ci bien au-dessous de celui-là ! »

Il avait préparé avec soin sa phrase qu'il jugeait excellente.

M. Torchebeuf, surpris, cherchait sa réplique. Enfin, il prononça d'un ton un peu froid : « Bien qu'il ne soit pas admissible, en principe, qu'on discute ces choses entre chef et employé, je veux bien pour cette fois vous répondre, eu égard à vos services très méritants.

« Je vous ai proposé pour l'avancement comme les années précédentes. Mais le directeur a écarté votre nom en se basant sur ce que votre mariage vous assure un bel avenir, plus qu'une aisance, une fortune que n'atteindront jamais vos modestes collègues. N'est-il pas équitable, en somme, de faire un peu la part de la condition de chacun? Vous deviendrez riche, très riche. Trois cents francs de plus par an ne seront rien pour vous, tandis que cette petite augmentation comptera beaucoup dans la poche des autres. Voilà, mon ami, la raison qui vous a fait rester en arrière cette année. »

Lesable, confus et irrité, se retira.

Le soir, au dîner, il fut désagréable pour sa femme. Elle se montrait ordinairement gaie et d'humeur assez égale, mais volontaire; et elle ne cédait jamais quand elle voulait bien une chose. Elle n'avait plus pour lui le charme sensuel des premiers temps, et bien qu'il eût toujours un désir éveillé, car elle était fraîche et jolie, il éprouvait par moments cette désillusion si proche de l'écœurement que donne bientôt la vie en commun de deux êtres. Les mille détails triviaux ou grotesques de l'existence, les toilettes négligées du matin, la robe de chambre en laine commune, vieille, usée, le peignoir fané, car on n'était pas riche, et aussi toutes les besognes nécessaires vues de trop près dans un ménage pauvre, lui dévernissaient le mariage, fanaient cette fleur de poésie qui séduit, de loin, les fiancés.

Tante Charlotte lui rendait aussi son intérieur désagréable, car elle n'en sortait plus; elle se mêlait de tout, voulait gouverner tout, faisait des observations sur tout, et comme on avait une peur horrible de la blesser, on supportait tout avec résignation, mais aussi avec une exaspération grandissante et cachée.

Elle allait à travers l'appartement de son pas traînant de vieille; et sa voix grêle disait sans cesse : « Vous devriez bien faire ceci; vous devriez bien faire cela. »

Quand les deux époux se trouvaient en tête à tête, Lesable énervé s'écriait : « Ta tante devient

intolérable. Moi, je n'en veux plus. Entends-tu?
je n'en veux plus. » Et Cora répondait avec
tranquillité : « Que veux-tu que j'y fasse, moi? »

Alors il s'emportait : « C'est odieux d'avoir une
famille pareille! »

Et elle répliquait, toujours calme : « Oui, la
famille est odieuse, mais l'héritage est bon, n'est-
ce pas? Ne fais donc pas l'imbécile. Tu as autant
d'intérêt que moi à ménager tante Charlotte. »

Et il se taisait, ne sachant que répondre.

La tante maintenant les harcelait sans cesse
avec l'idée fixe d'un enfant. Elle poussait Lesable
dans les coins et lui soufflait dans la figure :
« Mon neveu, j'entends que vous soyez père
avant ma mort. Je veux voir mon héritier. Vous
ne me ferez pas accroire que Cora ne soit point
faite pour être mère. Il suffit de la regarder.
Quand on se marie, mon neveu, c'est pour avoir
de la famille, pour faire souche. Notre Sainte
Mère l'Église défend les mariages stériles. Je sais
bien que vous n'êtes pas riches et qu'un enfant
cause de la dépense. Mais après moi vous ne
manquerez de rien. Je veux un petit Lesable, je
le veux, entendez-vous! »

Comme, après quinze mois de mariage, son
désir ne s'était point encore réalisé elle conçut des
doutes et devint pressante; et elle donnait tout
bas des conseils à Cora, des conseils pratiques, en
femme qui a connu bien des choses, autrefois, et
qui sait encore s'en souvenir à l'occasion.

Mais un matin elle ne put se lever, se sentant
indisposée. Comme elle n'avait jamais été malade,
Cachelin, très ému, vint frapper à la porte de son

gendre : « Courez vite chez le docteur Barbette, et vous direz au chef, n'est-ce pas, que je n'irai point au bureau aujourd'hui, vu la circonstance. »

Lesable passa une journée d'angoisses, incapable de travailler, de rédiger et d'étudier les affaires. M. Torchebeuf, surpris, lui demanda : « Vous êtes distrait, aujourd'hui, monsieur Lesable? » Et Lesable, nerveux, répondit : « Je suis très fatigué, cher maître, j'ai passé toute la nuit auprès de notre tante dont l'état est fort grave. »

Mais le chef reprit froidement : « Du moment que M. Cachelin est resté près d'elle, cela devrait suffire. Je ne peux pas laisser mon bureau se désorganiser pour des raisons personnelles à mes employés. »

Lesable avait placé sa montre devant lui sur sa table et il attendait cinq heures avec une impatience fébrile. Dès que la grosse horloge de la grande cour sonna, il s'enfuit, quittant, pour la première fois, le bureau à la minute réglementaire.

Il prit même un fiacre pour rentrer, tant son inquiétude était vive; et il monta l'escalier en courant.

La bonne vint ouvrir; il balbutia : « Comment va-t-elle?

— Le médecin dit qu'elle est bien bas. »

Il eut un battement de cœur et demeura tout ému : « Ah! vraiment. »

Est-ce que, par hasard, elle allait mourir?

Il n'osait pas entrer maintenant dans la chambre de la malade, et il fit appeler Cachelin qui la gardait.

Son beau-père apparut aussitôt, ouvrant la porte avec précaution. Il avait sa robe de chambre et son bonnet grec comme lorsqu'il passait de bonnes soirées au coin du feu; et il murmura à voix basse : « Ça va mal, très mal. Depuis quatre heures elle est sans connaissance. On l'a même administrée dans l'après-midi. »

Alors Lesable sentit une faiblesse lui descendre dans les jambes, et il s'assit :

« Où est ma femme?

— Elle est auprès d'elle.

— Qu'est-ce que dit au juste le docteur?

— Il dit que c'est une attaque. Elle en peut revenir, mais elle peut aussi mourir cette nuit.

— Avez-vous besoin de moi? Si vous n'en avez pas besoin, j'aime mieux ne pas entrer. Cela me serait pénible de la revoir dans cet état.

— Non. Allez chez vous. S'il y a quelque chose de nouveau, je vous ferai appeler tout de suite. »

Et Lesable retourna chez lui. L'appartement lui parut changé, plus grand, plus clair. Mais comme il ne pouvait tenir en place, il passa sur le balcon.

On était alors aux derniers jours de juillet, et le grand soleil, au moment de disparaître derrière les deux tours du Trocadéro, versait une pluie de flamme sur l'immense peuple des toits.

L'espace, d'un rouge éclatant à son pied, prenait plus haut des teintes d'or pâle, puis des teintes jaunes, puis des teintes vertes, d'un vert léger frotté de lumière, puis il devenait bleu d'un bleu pur et frais sur les têtes.

Les hirondelles passaient comme des flèches, à

peine visibles, dessinant sur le fond vermeil du ciel le profil crochu et fuyant de leurs ailes. Et sur la foule infinie des maisons, sur la campagne lointaine, planait une nuée rose, une vapeur de feu dans laquelle montaient, comme dans une apothéose, les flèches des clochers, tous les sommets sveltes des monuments. L'arc de triomphe de l'Étoile apparaissait énorme et noir dans l'incendie de l'horizon, et le dôme des Invalides semblait un autre soleil tombé du firmament sur le dos d'un édifice.

Lesable tenait à deux mains la rampe de fer, buvait l'air comme on boit du vin, avec une envie de sauter, de crier, de faire des gestes violents, tant il se sentait envahi par une joie profonde et triomphante. La vie lui apparaissait radieuse, l'avenir plein de bonheur! Qu'allait-il faire? Et il rêva.

Un bruit, derrière lui, le fit tressaillir. C'était sa femme. Elle avait les yeux rouges, les joues un peu enflées, l'air fatigué. Elle tendit son front pour qu'il l'embrassât, puis elle dit : « On va dîner chez papa pour rester près d'elle. La bonne ne la quittera pas pendant que nous mangerons. »

Et il la suivit dans l'appartement voisin.

Cachelin était déjà à table, attendant sa fille et son gendre. Un poulet froid, une salade de pommes de terre et un compotier de fraises étaient posés sur le dressoir, et la soupe fumait dans les assiettes.

On s'assit. Cachelin déclara : « Voilà des journées comme je n'en voudrais pas souvent. Ça n'est pas gai. » Il disait cela avec un ton d'indifférence dans l'accent et une sorte de satisfaction sur le visage. Et il se mit à dévorer en homme de grand appétit, trouvant le poulet excellent et la salade de pommes de terre tout à fait rafraîchissante.

Mais Lesable se sentait l'estomac serré et l'âme inquiète, et il mangeait à peine, l'oreille tendue vers la chambre voisine, qui demeurait silencieuse comme si personne ne s'y fût trouvé. Cora n'avait pas faim non plus, émue, larmoyante, s'essuyant un œil de temps en temps avec un coin de sa serviette.

Cachelin demanda : « Qu'a dit le chef? »

Et Lesable donna des détails, que son beau-père voulait minutieux, qu'il lui faisait répéter, insistant pour tout savoir comme s'il eût été absent du ministère pendant un an.

« Ça a dû faire une émotion quand on a su qu'elle était malade? » Et il songeait à sa rentrée glorieuse quand elle serait morte, aux têtes de ses collègues; il prononça pourtant, comme pour répondre à un remords secret : « Ce n'est pas que je lui désire du mal à la chère femme! Dieu sait que je voudrais la conserver longtemps, mais ça fera de l'effet tout de même. Le père Savon en oubliera la Commune. »

On commençait à manger les fraises quand la porte de la malade s'entrouvrit. La commotion fut telle chez les dîneurs qu'ils se trouvèrent, d'un seul coup, debout tous les trois, effarés. Et la petite bonne parut, gardant toujours son air calme et stupide. Elle prononça tranquillement : « Elle ne souffle plus. »

Et Cachelin, jetant sa serviette sur les plats, se précipita comme un fou; Cora le suivit, le cœur battant; mais Lesable demeura debout près de la porte, épiant de loin la tache pâle du lit à peine éclairé par la fin du jour. Il voyait le dos de son beau-père penché vers la couche, ne remuant pas, examinant; et tout d'un coup il entendit sa voix qui lui parut venir de loin, de très loin, du bout du monde, une de ces voix qui passent dans les rêves et qui vous disent des choses surprenantes. Elle prononçait : « C'est fait! on n'entend plus rien. » Il vit sa femme tomber à genoux, le front sur le drap et sanglotant. Alors il se décida à entrer, et, comme Cachelin s'était relevé, il aperçut, sur la blancheur de l'oreiller, la figure de tante Charlotte, les yeux fermés, si creuse, si rigide, si blême, qu'elle avait l'air d'une bonne femme en cire.

Il demanda avec angoisse : « Est-ce fini? »

Cachelin, qui contemplait aussi sa sœur, se tourna vers lui et ils se regardèrent. Il répondit « Oui », voulant forcer son visage à une expression désolée, mais les deux hommes s'étaient pénétrés d'un coup d'œil, et sans savoir pourquoi, instinctivement, ils se donnèrent une poignée de mains, comme pour se remercier l'un l'autre de ce qu'ils avaient fait l'un pour l'autre.

Alors, sans perdre de temps, ils s'occupèrent avec activité de toutes les besognes que réclame un mort.

Lesable se chargea d'aller chercher le médecin et de faire, le plus vite possible, les courses les plus pressées.

Il prit son chapeau et descendit l'escalier en courant, ayant hâte d'être dans la rue, d'être seul, de respirer, de penser, de jouir solitairement de son bonheur.

Lorsqu'il eut terminé ses commissions, au lieu de rentrer il gagna le boulevard, poussé par le désir de voir du monde, de se mêler au mouvement, à la vie heureuse du soir. Il avait envie de crier aux passants : « J'ai cinquante mille livres de rentes », et il allait, les mains dans ses poches, s'arrêtant devant les étalages, examinant les riches étoffes, les bijoux, les meubles de luxe, avec cette pensée joyeuse : « Je pourrai me payer cela maintenant. »

Tout à coup il passa devant un magasin de deuil et une idée brusque l'effleura : « Si elle n'était point morte? S'ils s'étaient trompés? »

Et il revint vers sa demeure, d'un pas plus pressé, avec ce doute flottant dans l'esprit.

En rentrant il demanda : « Le docteur est-il venu? »

Cachelin répondit : « Oui. Il a constaté le décès, et il s'est chargé de la déclaration. »

Ils rentrèrent dans la chambre de la morte. Cora pleurait toujours, assise dans un fauteuil. Elle pleurait très doucement, sans peine, presque sans chagrin maintenant, avec cette facilité de larmes qu'ont les femmes.

Dès qu'ils se trouvèrent tous trois dans l'appartement, Cachelin prononça à voix basse : « A présent que la bonne est partie se coucher, nous pouvons regarder s'il n'y a rien de caché dans les meubles. »

Et les deux hommes se mirent à l'œuvre. Ils vidaient les tiroirs, fouillaient dans les poches, dépliaient les moindres papiers. A minuit, ils n'avaient rien trouvé d'intéressant. Cora s'était assoupie, et elle ronflait un peu, d'une façon régulière. César demanda : « Est-ce que nous allons rester ici jusqu'au jour? » Lesable, perplexe, jugeait cela plus convenable. Alors le beau-père en prit son parti : « En ce cas, dit-il, apportons des fauteuils »; et ils allèrent chercher les deux autres sièges capitonnés qui meublaient la chambre des jeunes époux.

Une heure plus tard, les trois parents dormaient avec des ronflements inégaux, devant le cadavre glacé dans son éternelle immobilité.

Ils se réveillèrent au jour, comme la petite bonne entrait dans la chambre. Cachelin aussitôt avoua, en se frottant les paupières : « Je me suis un peu assoupi depuis une demi-heure à peu près. »

Mais Lesable, qui avait aussitôt repris possession de lui, déclara : « Je m'en suis bien aperçu. Moi, je n'ai pas perdu connaissance une seconde; j'avais seulement fermé les yeux pour les reposer. »

Cora regagna son appartement.

Alors Lesable demanda avec une apparente indifférence : « Quand voulez-vous que nous allions chez le notaire prendre connaissance du testament?

— Mais... ce matin, si vous voulez.

— Est-il nécessaire que Cora nous accompagne?

— Ça vaut peut-être mieux, puisqu'elle est l'héritière, en somme.

— En ce cas, je vais la prévenir de s'apprêter. »

Et Lesable sortit de son pas vif.

L'étude de maître Belhomme venait d'ouvrir ses portes quand Cachelin, Lesable et sa femme se présentèrent, en grand deuil, avec des visages désolés.

Le notaire les reçut aussitôt, les fit asseoir. Cachelin prit la parole : « Monsieur, vous me connaissez : je suis le frère de Mlle Charlotte Cachelin. Voici ma fille et mon gendre. Ma pauvre sœur est morte hier; nous l'enterrerons demain. Comme vous êtes dépositaire de son testament, nous venons vous demander si elle n'a pas formulé quelque volonté relative à son inhumation ou si vous n'avez pas quelque communication à nous faire. »

Le notaire ouvrit un tiroir, prit une enveloppe, la déchira, tira un papier, et prononça : « Voici monsieur un double de ce testament dont je puis vous donner connaissance immédiatement.

« L'autre expédition, exactement pareille à celle-ci, doit rester entre mes mains. » Et il lut :

« Je soussignée, Victorine-Charlotte Cachelin, exprime ici mes dernières volontés :

« Je laisse toute ma fortune, s'élevant à un million cent vingt mille francs environ, aux enfants qui naîtront du mariage de ma nièce Céleste-Coralie Cachelin, avec jouissance des revenus aux parents jusqu'à la majorité de l'aîné des descendants.

« Les dispositions qui suivent règlent la part afférente à chaque enfant et la part demeurant aux parents jusqu'à la fin de leurs jours.

« Dans le cas où ma mort arriverait avant que ma nièce eût un héritier, toute ma fortune restera entre les mains de mon notaire, pendant trois ans, pour ma volonté exprimée plus haut être accomplie si un enfant naît durant cette période.

« Mais dans le cas où Coralie n'obtiendrait point du Ciel un descendant pendant les trois années qui suivront ma mort, ma fortune sera distribuée, par les soins de mon notaire, aux pauvres et aux établissements de bienfaisance dont la liste suit. »

Suivait une série interminable de noms de communautés, de chiffres, d'ordres et de recommandations.

Puis maître Belhomme remit poliment le papier entre les mains de Cachelin, ahuri de saisissement.

Il crut même devoir ajouter quelques explications : « Mlle Cachelin, dit-il, lorsqu'elle me fit l'honneur de me parler pour la première fois de son projet de tester dans ce sens, m'exprima le désir extrême qu'elle avait de voir un héritier de sa race. Elle répondit à tous mes raisonnements par l'expression de plus en plus formelle de sa volonté, qui se basait d'ailleurs sur un sentiment religieux, toute union stérile, pensait-elle, étant un signe de malédiction céleste. Je n'ai pu modifier en rien ses intentions. Croyez que je le regrette bien vivement. » Puis il ajouta, en souriant vers Coralie : « Je ne doute pas que le *desideratum* de la défunte ne soit bien vite réalisé. »

Et les trois parents s'en allèrent, trop effarés pour penser à rien.

Ils regagnaient leur domicile, côte à côte, sans parler, honteux et furieux, comme s'ils s'étaient mutuellement volés. Toute la douleur même de Cora s'était soudain dissipée, l'ingratitude de sa tante la dispensant de la pleurer. Lesable, enfin, dont les lèvres pâles étaient serrées par une contraction de dépit, dit à son beau-père : « Passez-moi donc cet acte, que j'en prenne connaissance *de visu.* » Cachelin lui rendit le papier, et le jeune homme se mit à lire. Il s'était arrêté sur le trottoir et, tamponné par les passants, il resta là, fouillant les mots de son œil perçant et pratique. Les deux autres l'attendaient, deux pas en avant, toujours muets.

Puis il rendit le testament en déclarant : « Il n'y a rien à faire. Elle nous a joliment floués! »

Cachelin, que la déroute de son espérance irritait, répondit : « C'était à vous d'avoir un enfant, sacrebleu! Vous saviez bien qu'elle le désirait depuis longtemps. »

Lesable haussa les épaules sans répliquer.

En rentrant, ils trouvèrent une foule de gens qui les attendaient, ces gens dont le métier s'exerce autour des morts. Lesable rentra chez lui, ne voulant plus s'occuper de rien, et César rudoya tout le monde, criant qu'on le laissât tranquille, demandant à en finir au plus vite avec tout ça, et trouvant qu'on tardait bien à le débarrasser de ce cadavre.

Cora, enfermée dans sa chambre, ne faisait aucun bruit. Mais Cachelin, au bout d'une heure, alla frapper à la porte de son gendre : « Je viens, dit-il, mon cher Léopold, vous soumettre quelques réflexions, car, enfin, il faut s'entendre. Mon avis est de faire tout de même des funérailles convenables, afin de ne pas donner l'éveil au ministère. Nous nous arrangerons pour les frais. D'ailleurs, rien n'est perdu. Vous n'êtes pas mariés depuis longtemps, et il faudrait bien du malheur pour que vous n'eussiez pas d'enfants. Vous vous y mettrez, voilà tout. Allons au plus pressé. Vous chargez-vous de passer tantôt au ministère? Je vais écrire les adresses des lettres de faire part. »

Lesable convint avec aigreur que son beau-père avait raison, et ils s'installèrent face à face aux deux bouts d'une table longue, pour tracer les suscriptions des billets encadrés de noir.

Puis ils déjeunèrent. Cora reparut, indifférente, comme si rien de tout cela ne l'eût concernée, et elle mangea beaucoup, ayant jeûné la veille.

Aussitôt le repas fini, elle retourna dans sa chambre. Lesable sortit pour aller à la Marine, et Cachelin s'installa sur son balcon afin de fumer une pipe, à cheval sur une chaise. Le lourd soleil d'un jour d'été tombait d'aplomb sur la multitude des toits, dont quelques-uns garnis de vitres brillaient comme du feu, jetaient des rayons éblouissants que la vue ne pouvait soutenir.

Et Cachelin, en manches de chemise, regardait, de ses yeux clignotants sous ce ruissellement de lumière, les coteaux verts, là-bas, là-bas, derrière la grande ville, derrière la banlieue poudreuse. Il songeait que la Seine coulait, large, calme et fraîche, au pied de ces collines qui ont des arbres sur leurs pentes, et qu'on serait rudement mieux sous la verdure, le ventre sur l'herbe, tout au bord de la rivière, à cracher dans l'eau, que sur le plomb brûlant de sa terrasse. Et un malaise l'oppressait, la pensée harcelante, la sensation douloureuse de leur désastre, de cette infortune inattendue, d'autant plus amère et brutale que l'espérance avait été plus vive et plus longue; et il prononça tout haut, comme on fait dans les grands troubles d'esprit, dans les obsessions d'idées fixes : « Sale rosse! »

Derrière lui, dans la chambre, il entendait les mouvements des employés des pompes funèbres, et le bruit continu du marteau qui clouait le cercueil. Il n'avait point revu sa sœur depuis sa visite au notaire.

Mais peu à peu, la tiédeur, la gaieté, le charme clair de ce grand jour d'été lui pénétrèrent la chair et l'âme, et il songea que tout n'était pas désespéré. Pourquoi donc sa fille n'aurait-elle pas d'enfant? Elle n'était pas mariée depuis deux ans encore! Son gendre paraissait vigoureux, bien bâti et bien portant, quoique petit. Ils auraient un enfant, nom d'un nom! Et puis, d'ailleurs, il le fallait!

Lesable était entré au ministère furtivement et s'était glissé dans son bureau. Il trouva sur sa table un papier portant ces mots : « Le chef vous demande. » Il eut d'abord un geste d'impatience, une révolte contre ce despotisme qui allait lui retomber sur le dos, puis un désir brusque et violent de parvenir l'aiguillonna. Il serait chef à son tour, et vite; il irait plus haut encore.

Sans ôter sa redingote de ville, il se rendit chez M. Torchebeuf. Il se présenta avec une de ces figures navrées qu'on prend dans les occasions tristes, et même quelque chose de plus, une marque de chagrin réel et profond, cet involontaire abattement qu'impriment aux traits les contrariétés violentes.

La grosse tête du chef, toujours penchée sur le papier, se redressa, et il demanda d'un ton brusque : « J'ai eu besoin de vous toute la matinée. Pourquoi n'êtes-vous pas venu? » Lesable répondit : « Cher maître, nous avons eu le malheur de perdre ma tante, Mlle Cachelin, et je venais même vous demander d'assister à l'inhumation, qui aura lieu demain. »

Le visage de M. Torchebeuf s'était immédiatement rasséréné. Et il répondit avec une nuance de considération : « En ce cas, mon cher ami, c'est autre chose. Je vous remercie, et je vous laisse libre, car vous devez avoir beaucoup à faire. »

Mais Lesable tenait à se montrer zélé : « Merci, cher maître, tout est fini et je compte rester ici jusqu'à l'heure réglementaire. »

Et il retourna dans son cabinet.

La nouvelle s'était répandue, et on venait de tous les bureaux pour lui faire des compliments plutôt de congratulation que de doléance, et aussi pour voir quelle tenue il avait. Il supportait les phrases et les regards avec un masque résigné d'acteur et un tact dont· on s'étonnait. « Il s'observe fort bien », disaient les uns. Et les autres ajoutaient : « C'est égal, au fond, il doit être rudement content. »

Maze, plus audacieux que tous, lui demanda, avec son air dégagé d'homme du monde : « Savez-vous au juste le chiffre de la fortune? »

Lesable répondit avec un ton de parfait désintéressement : « Non, pas au juste. Le testament dit douze cent mille francs environ. Je sais cela parce que le notaire a dû nous communiquer immédiatement certaines clauses relatives aux funérailles. »

De l'avis général, Lesable ne resterait pas au ministère. Avec soixante mille livres de rentes, on ne demeure pas gratte-papier. On est quelqu'un; on peut devenir quelque chose à son gré. Les uns pensaient qu'il visait le Conseil d'État; d'autres croyaient qu'il songeait à la députation. Le chef s'attendait à recevoir sa démission pour la transmettre au directeur.

Tout le ministère vint aux funérailles, qu'on trouva maigres. Mais un bruit courait : « C'est Mlle Cachelin elle-même qui les a voulues ainsi. C'était dans le testament. »

Dès le lendemain, Cachelin reprit son service, et Lesable, après une semaine d'indisposition, revint à son tour, un peu pâli, mais assidu et zélé comme autrefois. On eût dit que rien n'était survenu dans leur existence. On remarqua seulement qu'ils fumaient avec ostentation de gros cigares, qu'ils parlaient de la rente, des chemins de fer, des grandes valeurs, en hommes qui ont

des titres en poche, et on sut, au bout de quelque
temps, qu'ils avaient loué une campagne dans les
environs de Paris, pour y finir l'été.

On pensa : « Ils sont avares comme la vieille;
ça tient de famille; qui se ressemble s'assemble;
n'importe, ça n'est pas chic de rester au ministère
avec une fortune pareille. »

Au bout de quelque temps, on n'y pensa plus.
Ils étaient classés et jugés.

IV

En suivant l'enterrement de la tante Charlotte,
Lesable songeait au million, et, rongé par une
rage d'autant plus violente qu'elle devait rester
secrète, il en voulait à tout le monde de sa
déplorable mésaventure.

Il se demandait aussi : « Pourquoi n'ai-je pas
eu d'enfant depuis deux ans que je suis marié? »
Et la crainte de voir son ménage demeurer stérile
lui faisait battre le cœur.

Alors, comme le gamin qui regarde, au sommet
du mât de cocagne haut et luisant, la timbale à
décrocher, et qui se jure à lui-même d'arriver là,
à force d'énergie et de volonté, d'avoir la vigueur
et la ténacité qu'il faudrait, Lesable prit la
résolution désespérée d'être père. Tant d'autres le
sont, pourquoi ne le serait-il pas, lui aussi? Peut-
être avait-il été négligent, insoucieux, ignorant de
quelque chose, par suite d'une indifférence com-
plète. N'ayant jamais éprouvé le désir violent de

laisser un héritier, il n'avait jamais mis tous ses
soins à obtenir ce résultat. Il y apporterait
désormais des efforts acharnés; il ne négligerait
rien, et il réussirait puisqu'il le voulait ainsi.

Mais lorsqu'il fut rentré chez lui, il se sentit
mal à son aise, et il dut prendre le lit. La
déception avait été trop rude, il en subissait le
contre-coup.

Le médecin jugea son état assez sérieux pour
prescrire un repos absolu, qui nécessiterait même
ensuite des ménagements assez longs. On craignait une fièvre cérébrale.

En huit jours, cependant il fut debout, et il
reprit son service au ministère.

Mais il n'osait point, se jugeant encore souf-
frant, approcher de la couche conjugale. Il
hésitait et tremblait, comme un général qui va
livrer bataille, une bataille dont dépendait son
avenir. Et chaque soir il attendait au lendemain,
espérant une de ces heures de santé, de bien-être
et d'énergie où on se sent capable de tout. Il se
tâtait le pouls à chaque instant, et, le trouvant
trop faible ou agité, prenait des toniques, mangeait de la viande crue, faisait, avant de rentrer
chez lui, de longues courses fortifiantes.

Comme il ne se rétablissait pas à son gré, il eut
l'idée d'aller finir la saison chaude aux environs
de Paris. Et bientôt la persuasion lui vint que le
grand air des champs aurait sur son tempérament
une influence souveraine. Dans sa situation, la
campagne produit des effets merveilleux, décisifs.
Il se rassura par cette certitude du succès
prochain, et il répétait à son beau-père, avec des

sous-entendus dans la voix : « Quand nous serons
à la campagne, je me porterai mieux, et tout ira
bien. »

Ce seul mot de « campagne » lui paraissait
comporter une signification mystérieuse.

Ils louèrent donc dans le village de Bezons une
petite maison et vinrent tous trois y loger. Les
deux hommes partaient à pied, chaque matin, à
travers la plaine, pour la gare de Colombes, et
revenaient à pied tous les soirs.

Cora, enchantée de vivre ainsi au bord de la
douce rivière, allait s'asseoir sur les berges,
cueillait des fleurs, rapportait de gros bouquets
d'herbes fines, blondes et tremblotantes.

Chaque soir, ils se promenaient tous trois le
long de la rive jusqu'au barrage de la Morue, et
ils entraient boire une bouteille de bière au
restaurant des Tilleuls. Le fleuve, arrêté par la
longue file de piquets, s'élançait entre les joints,
sautait, bouillonnait, écumait, sur une largeur de
cent mètres; et le ronflement de la chute faisait
frémir le sol, tandis qu'une fine buée, une vapeur
humide flottait dans l'air, s'élevait de la cascade
comme une fumée légère, jetant aux environs une
odeur d'eau battue et une saveur de vase remuée.

La nuit tombait. Là-bas, en face, une grande
lueur indiquait Paris, et faisait répéter chaque
soir à Cachelin : « Hein! quelle ville tout de
même! » De temps en temps, un train passant sur
le pont de fer qui coupe le bout de l'île faisait un
roulement de tonnerre et disparaissait bientôt,
soit vers la gauche, soit vers la droite, vers Paris
ou vers la mer.

Ils revenaient à pas lents, regardant se lever la
lune, s'asseyant sur un fossé pour voir plus
longtemps tomber dans le fleuve tranquille sa
molle et jaune lumière qui semblait couler avec
l'eau et que les rides du courant remuaient
comme une moire de feu. Les crapauds poussaient leur cri métallique et court. Des appels
d'oiseaux de nuit couraient dans l'air. Et parfois
une grande ombre muette glissait sur la rivière,
troublant son cours lumineux et calme. C'était
une barque de maraudeurs qui jetaient soudain
l'épervier et ramenaient sans bruit sur leur
bateau, dans le vaste et sombre filet, leur pêche
de goujons luisants et frémissants, comme un
trésor tiré du fond de l'eau, un trésor vivant de
poissons d'argent.

Cora, émue, s'appuyait tendrement au bras de
son mari dont elle avait deviné les desseins bien
qu'ils n'eussent parlé de rien. C'était pour eux
comme un nouveau temps de fiançailles, une
seconde attente d'un baiser d'amour. Parfois il
lui jetait une caresse furtive au bord de l'oreille
sur la naissance de la nuque, en ce coin charmant
de chair tendre où frisent les premiers cheveux.
Elle répondait par une pression de main; et ils se
désiraient, se refusant encore l'un à l'autre,
sollicités et retenus par une volonté plus éner-
gique, par le fantôme du million.

Cachelin, apaisé par l'espoir qu'il sentait
autour de lui, vivait heureux, buvait sec et
mangeait beaucoup, sentant naître en lui, au
crépuscule, des crises de poésie, cet attendrisse-
ment niais qui vient aux plus lourds devant

certaines visions des champs : une pluie de
lumière dans les branches, un coucher de soleil
sur les coteaux lointains, avec des reflets de
pourpre sur le fleuve. Et il déclarait : « Moi,
devant ces choses-là, je crois à Dieu. Ça me pince
là, » — il montrait le creux de son estomac, —
« je me sens tout retourné. Je deviens tout drôle.
Il me semble qu'on m'a trempé dans un bain qui
me donne envie de pleurer. »

Lesable, cependant, allait mieux, saisi soudain
par des ardeurs qu'il ne connaissait plus, des
besoins de courir comme un jeune cheval, de se
rouler sur l'herbe, de pousser des cris de joie.

Il jugea les temps venus. Ce fut une vraie nuit
d'épousailles.

Puis ils eurent une lune de miel, pleine de
caresses et d'espérances.

Puis ils s'aperçurent que leurs tentatives
demeuraient infructueuses et que leur confiance
était vaine.

Ce fut un désespoir, un désastre. Mais Lesable
ne perdit pas courage, il s'obstina avec des efforts
surhumains. Sa femme, agitée du même désir, et
tremblant de la même crainte, plus robuste aussi
que lui, se prêtait de bonne grâce à ses tentatives,
appelait ses baisers, réveillait sans cesse son
ardeur défaillante.

Ils revinrent à Paris dans les premiers jours
d'octobre.

La vie devenait dure pour eux. Ils avaient
maintenant aux lèvres des paroles désobligean-
tes; et Cachelin, qui flairait la situation, les

harcelait d'épigrammes de vieux troupier, enve-
nimées et grossières.

Et une pensée incessante les poursuivait, les
minait, aiguillonnait leur rancune mutuelle, celle
de l'héritage insaisissable. Cora maintenant avait
le verbe haut, et rudoyait son mari. Elle le
traitait en petit garçon, en moutard, en homme
de peu d'importance. Et Cachelin, à chaque
dîner, répétait : « Moi, si j'avais été riche, j'aurais
eu beaucoup d'enfants... Quand on est pauvre, il
faut savoir être raisonnable. » Et, se tournant
vers sa fille, il ajoutait : « Toi, tu dois être comme
moi, mais voilà... » Et il jetait à son gendre un
regard significatif accompagné d'un mouvement
d'épaules plein de mépris.

Lesable ne répliquait rien, en homme supérieur
tombé dans une famille de rustres. Au ministère
on lui trouvait mauvaise mine. Le chef même, un
jour, lui demanda : « N'êtes-vous pas malade?
Vous me paraissez un peu changé. »

Il répondit : « Mais non, cher maître. Je suis
peut-être fatigué. J'ai beaucoup travaillé depuis
quelque temps, comme vous l'avez pu voir. »

Il comptait bien sur son avancement à la fin de
l'année, et il avait repris, dans cet espoir, sa vie
laborieuse d'employé modèle.

Il n'eut qu'une gratification de rien du tout,
plus faible que toutes les autres. Son beau-père
Cachelin n'eut rien.

Lesable, frappé au cœur, retourna trouver le
chef et, pour la première fois, il l'appela :
monsieur. « A quoi me sert donc, monsieur, de

travailler comme je le fais si je n'en recueille aucun fruit? »

La grosse tête de M. Torchebeuf parut froissée : « Je vous ai déjà dit, monsieur Lesable, que je n'admettais point de discussion de cette nature entre nous. Je vous répète encore que je trouve inconvenante votre réclamation, étant donnée votre fortune actuelle comparée à la pauvreté de vos collègues... »

Lesable ne put se contenir : « Mais je n'ai rien, monsieur! Notre tante a laissé sa fortune au premier enfant qui naîtrait de mon mariage. Nous vivons, mon beau-père et moi, de nos traitements. »

Le chef, surpris, répliqua : « Si vous n'avez rien aujourd'hui, vous serez riches, dans tous les cas, au premier jour. Donc, cela revient au même. »

Et Lesable se retira, plus atterré de cet avancement perdu que de l'héritage imprenable.

Mais comme Cachelin venait d'arriver à son bureau, quelques jours plus tard, le beau Maze entra avec un sourire sur les lèvres, puis Pitolet parut, l'œil allumé, puis Boissel poussa la porte et s'avança d'un air excité, ricanant et jetant aux autres des regards de connivence. Le père Savon copiait toujours, sa pipe de terre au coin de la bouche, assis sur sa haute chaise, les deux pieds sur le barreau, à la façon des petits garçons.

Personne ne disait rien. On semblait attendre quelque chose, et Cachelin enregistrait les pièces, en annonçant tout haut, suivant sa coutume : « Toulon. Fournitures de gamelles d'officiers pour le *Richelieu*. — Lorient. Scaphandres pour le

Desaix. — Brest. Essais sur les toiles à voiles de provenance anglaise! »

Lesable parut. Il venait maintenant chaque matin chercher les affaires qui le concernaient, son beau-père ne prenant plus la peine de les lui faire porter par le garçon.

Pendant qu'il fouillait dans les papiers étalés sur le bureau du commis d'ordre, Maze le regardait de coin en se frottant les mains, et Pitolet, qui roulait une cigarette, avait des petits plis de joie sur les lèvres, ces signes d'une gaieté qui ne se peut plus contenir. Il se tourna vers l'expéditionnaire : « Dites donc, papa Savon, vous avez appris bien des choses dans votre existence, vous? »

Le vieux, comprenant qu'on allait se moquer de lui et parler encore de sa femme, ne répondit pas.

Pitolet reprit : « Vous avez toujours bien trouvé le secret pour faire des enfants, puisque vous en avez eu plusieurs? »

Le bonhomme releva la tête : « Vous savez, monsieur Pitolet, je n'aime pas les plaisanteries sur ce sujet. J'ai eu le malheur d'épouser une compagne indigne. Lorsque j'ai acquis la preuve de son infidélité, je me suis séparé d'elle. »

Maze demanda d'un ton indifférent, sans rire : « Vous l'avez eue plusieurs fois, la preuve, n'est-ce pas? »

Et le père Savon répondit gravement : « Oui, monsieur. »

Pitolet reprit la parole : « Cela n'empêche que

vous êtes père de plusieurs enfants, trois ou quatre, m'a-t-on dit? »

Le bonhomme, devenu fort rouge, bégaya : « Vous cherchez à me blesser, monsieur Pitolet; mais vous n'y parviendrez point. Ma femme a eu, en effet, trois enfants. J'ai lieu de supposer que le premier est de moi, mais je renie les deux autres. »

Pitolet reprit : « Tout le monde dit, en effet, que le premier est de vous. Cela suffit. C'est très beau d'avoir un enfant, très beau et très heureux. Tenez, je parie que Lesable serait enchanté d'en faire un, un seul, comme vous? »

Cachelin avait cessé d'enregistrer. Il ne riait pas, bien que le père Savon fût sa tête de Turc ordinaire et qu'il eût épuisé sur lui la série des plaisanteries inconvenantes au sujet de ses malheurs conjugaux.

Lesable avait ramassé ses papiers; mais, sentant bien qu'on l'attaquait, il voulait demeurer, retenu par l'orgueil, confus et irrité, et cherchant qui donc avait pu leur livrer son secret. Puis le souvenir de ce qu'il avait dit au chef lui revint, et il comprit aussitôt qu'il lui faudrait montrer tout de suite une grande énergie, s'il ne voulait point servir de plastron au ministère tout entier.

Boissel marchait de long en large en ricanant toujours. Il imita la voix éraillée des crieurs des rues et beugla : « Le secret pour faire des enfants, dix centimes, deux sous! Demandez le secret pour faire des enfants, révélé par M. Savon, avec beaucoup d'horribles détails! »

Tout le monde se mit à rire, hormis Lesable et

son beau-père. Et Pitolet, se tournant vers le commis d'ordre : « Qu'est-ce que vous avez donc, Cachelin? Je ne reconnais pas votre gaieté habituelle. On dirait que vous ne trouvez pas ça drôle que le père Savon ait eu un enfant de sa femme. Moi, je trouve ça très farce, très farce. Tout le monde n'en peut pas faire autant! »

Lesable s'était remis à remuer des papiers, faisait semblant de lire et de ne rien entendre, mais il était devenu blême.

Boissel reprit avec la même voix de voyou : « De l'utilité des héritiers pour recueillir les héritages, dix centimes, deux sous, demandez! »

Alors Maze qui jugeait inférieur ce genre d'esprit et qui en voulait personnellement à Lesable de lui avoir dérobé l'espoir de fortune qu'il nourrissait dans le fond de son cœur, lui demanda directement : « Qu'est-ce que vous avez donc, Lesable, vous êtes fort pâle? »

Lesable releva la tête et regarda bien en face son collègue. Il hésita quelques secondes, la lèvre frémissante, cherchant quelque chose de blessant et de spirituel, mais ne trouvant pas à son gré, il répondit : « Je n'ai rien. Je m'étonne seulement de vous voir déployer tant de finesse. »

Maze, toujours le dos au feu et relevant de ses deux mains les basques de sa redingote, reprit en riant : « On fait ce qu'on peut, mon cher. Nous sommes comme vous, nous ne réussissons pas toujours... »

Une explosion de rires lui coupa la parole. Le père Savon, stupéfait, comprenant vaguement qu'on ne s'adressait plus à lui, qu'on ne se

moquait pas de lui, restait bouche béante, la
plume en l'air. Et Cachelin attendait, prêt à
tomber à coups de poing sur le premier que le
hasard lui désignerait.

Lesable balbutia : « Je ne comprends pas. A
quoi n'ai-je pas réussi? »

Le beau Maze laissa retomber un des côtés de
sa redingote pour se friser la moustache et, d'un
ton gracieux : « Je sais que vous réussissez
d'ordinaire à tout ce que vous entreprenez. Donc,
j'ai eu tort de parler de vous. D'ailleurs, il
s'agissait des enfants de papa Savon et non des
vôtres, puisque vous n'en avez pas. Or, puisque
vous réussissez dans vos entreprises, il est évident
que si vous n'avez pas d'enfants, c'est que vous
n'en avez pas voulu. »

Lesable demanda rudement : « De quoi vous
mêlez-vous? »

Devant ce ton provocant, Maze, à son tour,
haussa la voix : « Dites donc, vous, qu'est-ce qui
vous prend? Tâchez d'être poli, ou vous aurez
affaire à moi! »

Mais Lesable tremblait de colère, et perdant
toute mesure : « Monsieur Maze, je ne suis pas,
comme vous, un grand fat, ni un grand beau. Et
je vous prie désormais de ne jamais m'adresser la
parole. Je ne me soucie ni de vous ni de vos
semblables. » Et il jetait un regard de défi vers
Pitolet et Boissel.

Maze avait soudain compris que la vraie force
est dans le calme et l'ironie; mais, blessé dans
toutes ses vanités, il voulut frapper au cœur son
ennemi, et reprit d'un ton protecteur, d'un ton de

conseiller bienveillant, avec une rage dans les yeux : « Mon cher Lesable, vous passez les bornes. Je comprends d'ailleurs votre dépit; il est fâcheux de perdre une fortune et de la perdre pour si peu, pour une chose si facile, si simple... Tenez, si vous voulez, je vous rendrai ce service-là, moi, pour rien, en bon camarade. C'est l'affaire de cinq minutes... »

Il parlait encore, il reçut en pleine poitrine l'encrier du père Savon, que Lesable lui lançait. Un flot d'encre lui couvrit le visage, le métamorphosant en nègre avec une rapidité surprenante. Il s'élança, roulant des yeux blancs, la main levée pour frapper. Mais Cachelin couvrit son gendre, arrêtant à bras-le-corps le grand Maze, et, le bousculant, le secouant, le bourrant de coups, il le rejeta contre le mur. Maze se dégagea d'un effort violent, ouvrit la porte, cria vers les deux hommes : « Vous allez avoir de mes nouvelles ! » et il disparut.

Pitolet et Boissel le suivirent. Boissel expliqua sa modération, par la crainte qu'il avait eue de tuer quelqu'un en prenant part à la lutte.

Aussitôt rentré dans son bureau, Maze tenta de se nettoyer, mais il n'y put réussir; il était teint avec une encre à fond violet, dite indélébile et ineffaçable. Il demeurait devant sa glace, furieux et désolé, et se frottant la figure rageusement avec sa serviette roulée en bouchon. Il n'obtint qu'un noir plus riche, nuancé de rouge, le sang affluant à la peau.

Boissel et Pitolet l'avaient suivi et lui donnaient des conseils. Selon celui-ci, il fallait se

laver le visage avec de l'huile d'olive pure; selon
celui-là, on réussirait avec de l'ammoniaque. Le
garçon de bureau fut envoyé pour demander
conseil à un pharmacien. Il rapporta un liquide
jaune et une pierre ponce. On n'obtint aucun
résultat.

Maze, découragé, s'assit et déclara : « Maintenant, il reste à vider la question d'honneur.
Voulez-vous me servir de témoins et aller demander à M. Lesable soit des excuses suffisantes soit
une réparation par les armes? »

Tous deux acceptèrent et on se mit à discuter
la marche à suivre. Ils n'avaient aucune idée de
ces sortes d'affaires, mais ne voulaient pas
l'avouer, et, préoccupés par le désir d'être cor-
rects, ils émettaient des opinions timides et
diverses. Il fut décidé qu'on consulterait un
capitaine de frégate détaché au ministère pour
diriger le service des charbons. Il n'en savait pas
plus qu'eux. Après avoir réfléchi, il leur conseilla
néanmoins d'aller trouver Lesable et de le prier
de les mettre en rapport avec deux amis.

Comme ils se dirigeaient vers le bureau de leur
confrère, Boissel s'arrêta soudain : « Ne serait-il
pas urgent d'avoir des gants? »

Pitolet hésita une seconde : « Oui, peut-être. »
Mais pour se procurer des gants, il fallait sortir,
et le chef ne badinait pas. On renvoya donc le
garçon de bureau chercher un assortiment chez
un marchand. La couleur les arrêta longtemps.
Boissel les voulait noirs; Pitolet trouvait cette
teinte déplacée dans la circonstance. Ils les
prirent violets.

En voyant entrer ces deux hommes gantés et solennels, Lesable leva la tête et demanda brusquement : « Qu'est-ce que vous voulez? »

Pitolet répondit : « Monsieur, nous sommes chargés par notre ami M. Maze de vous demander soit des excuses, soit une réparation par les armes, pour les voies de fait auxquelles vous vous êtes livré sur lui. »

Mais Lesable, encore exaspéré, cria : « Comment! il m'insulte, et il vient encore me provoquer? Dites-lui que je le méprise, que je méprise ce qu'il peut dire ou faire. »

Boissel, tragique, s'avança : « Vous allez nous forcer, monsieur, à publier dans les journaux un procès-verbal qui vous sera fort désagréable. »

Pitolet, malin, ajouta : « Et qui pourra nuire gravement à votre honneur et à votre avancement futur. »

Lesable, atterré, les contemplait. Que faire? Il songea à gagner du temps : « Messieurs, vous aurez ma réponse dans dix minutes. Voulez-vous l'attendre dans le bureau de M. Pitolet? »

Dès qu'il fut seul, il regarda autour de lui, comme pour chercher un conseil, une protection.

Un duel! Il allait avoir un duel!

Il restait palpitant, effaré, en homme paisible qui n'a jamais songé à cette possibilité, qui ne s'est point préparé à ces risques, à ces émotions, qui n'a point fortifié son courage dans la prévision de cet événement formidable. Il voulut se lever et retomba assis, le cœur battant, les jambes molles. Sa colère et sa force avaient tout à coup disparu. Mais la pensée de l'opinion du ministère et du bruit que la chose allait faire à travers les bureaux réveilla son orgueil défaillant, et, ne sachant que résoudre, il se rendit chez le chef pour prendre son avis.

M. Torchebeuf fut surpris et demeura perplexe. La nécessité d'une rencontre armée ne lui apparaissait pas; et il songeait que tout cela allait encore désorganiser son service. Il répétait : « Moi je ne puis rien vous dire. C'est là une question d'honneur qui ne me regarde pas. Voulez-vous que je vous donne un mot pour le commandant Bouc? C'est un homme compétent en la matière et il pourra vous guider. »

Lesable accepta et alla trouver le commandant qui consentit même à être témoin; il prit un sous-chef pour le seconder.

Boissel et Pitolet les attendaient, toujours gantés. Ils avaient emprunté deux chaises dans un bureau voisin afin d'avoir quatre sièges.

On se salua gravement, on s'assit. Pitolet prit la parole et exposa la situation. Le commandant, après l'avoir écouté, répondit : « La chose est grave, mais ne me paraît pas irréparable; tout dépend des intentions. » C'était un vieux marin sournois qui s'amusait.

Et une longue discussion commença, où furent élaborés successivement quatre projets de lettres, les excuses devant être réciproques. Si M. Maze reconnaissait n'avoir pas eu l'intention d'offenser, dans le principe, M. Lesable, celui-ci s'empresserait d'avouer tous ses torts en lançant l'encrier, et s'excuserait de sa violence inconsidérée.

Et les quatre mandataires retournèrent vers leurs clients.

Maze, assis maintenant devant sa table, agité par l'émotion du duel possible, bien que s'attendant à voir reculer son adversaire, regardait successivement l'une et l'autre de ses joues dans un de ces petits miroirs ronds, en étain, que tous les employés cachent dans leur tiroir pour faire, avant le départ du soir, la toilette de leur barbe, de leurs cheveux et de leur cravate.

Il lut les lettres qu'on lui soumettait et déclara avec une satisfaction visible : « Cela me paraît fort honorable. Je suis prêt à signer. »

Lesable, de son côté, avait accepté sans discussion la rédaction de ses témoins, en déclarant : « Du moment que c'est là votre avis, je ne puis qu'acquiescer. »

Et les quatre plénipotentiaires se réunirent de nouveau. Les lettres furent échangées; on se salua gravement, et, l'incident vidé, on se sépara.

Une émotion extraordinaire régnait dans l'administration. Les employés allaient aux nouvelles, passaient d'une porte à l'autre, s'abordaient dans les couloirs.

Quand on sut l'affaire terminée, ce fut une déception générale. Quelqu'un dit : « Ça ne fait toujours pas un enfant à Lesable. » Et le mot courut. Un employé rima une chanson.

Mais, au moment où tout semblait fini, une difficulté surgit, soulevée par Boissel : « Quelle devait être l'attitude des deux adversaires quand ils se trouveraient face à face? Se salueraient-ils? Feindraient-ils de ne point se connaître? » Il fut décidé qu'ils se rencontreraient, comme par hasard, dans le bureau du chef et qu'ils échangeraient, en présence de M. Torchebeuf, quelques paroles de politesse.

Cette cérémonie fut aussitôt accomplie; et Maze, ayant fait demander un fiacre, rentra chez lui pour essayer de se nettoyer la peau.

Lesable et Cachelin remontèrent ensemble, sans parler, exaspérés l'un contre l'autre, comme si ce qui venait d'arriver eût dépendu de l'un ou de l'autre. Dès qu'il fut rentré chez lui, Lesable jeta violemment son chapeau sur la commode et cria vers sa femme.

« J'en ai assez, moi. J'ai un duel pour toi, maintenant! »

Elle le regarda, surprise, irritée déjà.

« Un duel, pourquoi cela?

— Parce que Maze m'a insulté à ton sujet. »

Elle s'approcha : « A mon sujet? Comment? »

Il s'était assis rageusement dans un fauteuil. Il reprit : « Il m'a insulté... Je n'ai pas besoin de t'en dire plus long. »

Mais elle voulait savoir : « J'entends que tu me répètes les propos qu'il a tenus sur moi. »

Lesable rougit, puis balbutia : « Il m'a dit... il m'a dit... C'est à propos de ta stérilité. »

Elle eut une secousse; puis une fureur la souleva et la rudesse paternelle transperçant sa nature de femme, elle éclata : « Moi! Je suis stérile, moi? Qu'est-ce qu'il en sait, ce manant-là? Stérile, avec toi, oui, parce que tu n'es pas un homme! Mais si j'avais épousé quelqu'un, n'importe qui, entends-tu, j'en aurais eu des enfants.

Ah! je te conseille de parler! Cela me coûte cher d'avoir épousé une chiffe comme toi!... Et qu'est-ce que tu as répondu à ce gueux? »

Lesable, effaré, devant cet orage, bégaya : « Je l'ai... souffleté. »

Elle le regarda, étonnée : « Et qu'est-ce qu'il a fait, lui?

— Il m'a envoyé des témoins. Voilà! »

Elle s'intéressait maintenant à cette affaire, attirée, comme toutes les femmes, vers les aventures dramatiques, et elle demanda, adoucie tout à coup, prise soudain d'une certaine estime pour cet homme qui allait risquer sa vie : « Quand est-ce que vous vous battez? »

Il répondit tranquillement : « Nous ne nous battons pas; la chose a été arrangée par les témoins. Maze m'a fait des excuses. »

Elle le dévisagea, outrée de mépris : « Ah! on m'a insultée devant toi, et tu as laissé dire, et tu ne te bats point! Il ne te manquait plus que d'être un poltron! »

Il se révolta : « Je t'ordonne de te taire. Je sais mieux que toi ce qui regarde mon honneur. D'ailleurs, voici la lettre de M. Maze. Tiens, lis, et tu verras. »

Elle prit le papier, le parcourut, devina tout, et ricanant :

« Toi aussi tu as écrit une lettre? Vous avez eu peur l'un de l'autre. Oh! que les hommes sont lâches! Si nous étions à votre place, nous autres... Enfin, là-dedans, c'est moi qui ai été insultée, moi, ta femme, et tu te contentes de cela! Ça ne m'étonne plus si tu n'es pas capable d'avoir un

enfant. Tout se tient. Tu es aussi... mollasse
devant les femmes que devant les hommes. Ah!
j'ai pris là un joli coco! »

Elle avait trouvé soudain la voix et les gestes
de Cachelin, des gestes canailles de vieux troupier
et des intonations d'homme.

Debout devant lui, les mains sur les hanches,
haute, forte, vigoureuse, la poitrine ronde, la face
rouge, la voix profonde et vibrante, le sang
colorant ses joues fraîches de belle fille, elle
regardait, assis devant elle, ce petit homme pâle,
un peu chauve, rasé, avec ses courts favoris
d'avocat. Elle avait envie de l'étrangler, de
l'écraser.

Et elle répéta : « Tu n'es capable de rien, de
rien. Tu laisses même tout le monde te passer sur
le dos comme employé! »

La porte s'ouvrit; Cachelin parut, attiré par le
bruit des voix, et il demanda : « Qu'est-ce qu'il
y a? »

Elle se retourna : « Je dis son fait à ce pierrot-
là! »

Et Lesable, levant les yeux, s'aperçut de leur
ressemblance. Il lui sembla qu'un voile se levait
qui les lui montrait tels qu'ils étaient, le père et
la fille, du même sang, de la même race commune
et grossière. Il se vit perdu, condamné à vivre
entre les deux, toujours.

Cachelin déclara : « Si seulement on pouvait
divorcer. Ça n'est pas agréable d'avoir épousé un
chapon. »

Lesable se dressa d'un bond, tremblant de
fureur, éclatant à ce mot. Il marcha vers son

beau-père, en bredouillant : « Sortez d'ici!... Sortez!... Vous êtes chez moi, entendez-vous... Je vous chasse... » Et il saisit sur la commode une bouteille pleine d'eau sédative qu'il brandissait comme une massue.

Cachelin, intimidé, sortit à reculons en murmurant : « Qu'est-ce qui lui prend, maintenant! »

Mais la colère de Lesable ne s'apaisa point; c'en était trop. Il se tourna vers sa femme, qui le regardait toujours, un peu étonnée de sa violence, et il cria, après avoir posé sa bouteille sur le meuble : « Quant à toi... quant à toi... » Mais, comme il ne trouvait rien à dire, n'ayant pas de raisons à donner, il demeurait en face d'elle, le visage décomposé, la voix changée.

Elle se mit à rire.

Devant cette gaieté qui l'insultait encore, il devint fou, et s'élançant, il la saisit au cou de la main gauche, tandis qu'il la giflait furieusement de la droite. Elle reculait, éperdue, suffoquant. Elle rencontra le lit et s'abattit dessus à la renverse. Il ne lâchait point et frappait toujours. Tout à coup il se leva, essoufflé, épuisé; et, honteux soudain de sa brutalité, il balbutia : « Voilà... voilà... voilà ce que c'est. »

Mais elle ne remuait point, comme s'il l'eût tuée. Elle restait sur le dos, au bord de la couche, la figure cachée maintenant dans ses deux mains. Il s'approcha, gêné, se demandant ce qui allait arriver et attendant qu'elle découvrît son visage pour voir ce qui se passait en elle. Au bout de quelques minutes, son angoisse grandissant, il murmura : « Cora! dis, Cora! » Elle ne répondit

point et ne bougea pas. Qu'avait-elle? Que
faisait-elle? Qu'allait-elle faire surtout?

Sa rage passée, tombée aussi brusquement
qu'elle s'était éveillée, il se sentait odieux,
presque criminel. Il avait battu une femme, sa
femme, lui, l'homme sage et froid, l'homme bien
élevé et toujours raisonnable. Et dans l'atten-
drissement de la réaction, il avait envie de
demander pardon, de se mettre à genoux, d'embrasser cette joue frappée et rouge. Il toucha, du
bout du doigt, doucement, une des mains étendues sur ce visage invisible. Elle sembla ne rien
sentir. Il la flatta, la caressant comme on caresse
un chien grondé. Elle ne s'en aperçut pas. Il dit
encore : « Cora, écoute, Cora, j'ai eu tort,
écoute. » Elle semblait morte. Alors il essaya de
soulever cette main. Elle se détacha facilement,
et il vit un œil ouvert qui le regardait, un œil
fixe, inquiétant et troublant.

Il reprit : « Écoute, Cora, je me suis laissé
emporter par la colère. C'est ton père qui m'avait
poussé à bout. On n'insulte pas un homme
ainsi. »

Elle ne répondit rien, comme si elle n'entendait
pas. Il ne savait que dire, que faire. Il l'embrassa
près de l'oreille, et, en se relevant, il vit une
larme au coin de l'œil, une grosse larme qui se
détacha et roula vivement sur la joue; et la
paupière s'agitait, se fermait coup sur coup.

Il fut saisi de chagrin, pénétré d'émotion, et,
ouvrant les bras, il s'étendit sur sa femme; il
écarta l'autre main avec ses lèvres, et lui baisant

toute la figure, il la priait : « Ma pauvre Cora, pardonne-moi, dis, pardonne-moi. »

Elle pleurait toujours, sans bruit, sans sanglots, comme on pleure des chagrins profonds.

Il la tenait serrée contre lui, la caressant, lui murmurant dans l'oreille tous les mots tendres qu'il pouvait trouver. Mais elle demeurait insensible. Cependant elle cessa de pleurer. Ils restèrent longtemps ainsi, étendus et enlacés.

La nuit venait, emplissant d'ombre la petite chambre; et lorsque la pièce fut bien noire, il s'enhardit et sollicita son pardon de manière à raviver leurs espérances.

Lorsqu'ils se furent relevés, il avait repris sa voix et sa figure ordinaires, comme si rien ne s'était passé. Elle paraissait au contraire attendrie, parlait d'un ton plus doux que de coutume, regardait son mari avec des yeux soumis, presque caressants, comme si cette correction inattendue eût détendu ses nerfs et amolli son cœur. Il prononça tranquillement : « Ton père doit s'ennuyer, tout seul chez lui; tu devrais bien aller le chercher. Il serait temps de dîner, d'ailleurs. » Elle sortit.

Il était sept heures, en effet, et la petite bonne annonça la soupe; puis Cachelin, calme et souriant, reparut avec sa fille. On se mit à table et on causa, ce soir-là, avec plus de cordialité qu'on n'avait fait depuis longtemps, comme si quelque chose d'heureux était arrivé pour tout le monde.

V

Mais leurs espérances toujours entretenues,
toujours renouvelées, n'aboutissaient jamais à
rien. De mois en mois leurs attentes déçues,
malgré la persistance de Lesable et la bonne
volonté de sa compagne, les enfiévraient d'angoisse. Chacun sans cesse reprochait à l'autre leur
insuccès, et l'époux désespéré, amaigri, fatigué,
avait à souffrir surtout de la grossièreté de
Cachelin qui ne l'appelait plus, dans leur intimité
guerroyante, que « M. Lecoq », en souvenir sans
doute de ce jour où il avait failli recevoir une
bouteille par la figure pour avoir prononcé le mot
Chapon.

Sa fille et lui, ligués d'instinct, enragés par la
pensée constante de cette grosse fortune si proche
et impossible à saisir, ne savaient qu'inventer
pour humilier et torturer cet impotent d'où
venait leur malheur.

En se mettant à table, Cora, chaque jour,
répétait : « Nous avons peu de chose pour le
dîner. Il en serait autrement si nous étions riches.
Ce n'est pas ma faute. »

Quand Lesable partait pour son bureau, elle lui
criait du fond de sa chambre : « Prends ton
parapluie pour ne pas me revenir sale comme une
roue d'omnibus. Après tout, ce n'est pas ma faute
si tu es encore obligé de faire ce métier de gratte-
papier. »

Quand elle allait sortir elle-même, elle ne

manquait jamais de s'écrier : « Dire que si j'avais épousé un autre homme j'aurais une voiture à moi. »

A toute heure, à toute occasion, elle pensait à cela, piquait son mari d'un reproche, le cinglait d'une injure, le faisait seul coupable, le rendait seul responsable de la perte de cet argent qu'elle aurait possédé.

Un soir enfin, perdant encore patience, il s'écria : « Mais, nom d'un chien! te tairas-tu à la fin? D'abord, c'est ta faute, à toi seule, entends-tu, si nous n'avons pas d'enfant, parce que j'en ai un, moi... »

Il mentait, préférant tout à cet éternel reproche et à cette honte de paraître impuissant.

Elle le regarda, étonnée d'abord, cherchant la vérité dans ses yeux, puis ayant compris, et pleine de dédain : « Tu as un enfant, toi? »

Il répondit effrontément : « Oui, un enfant naturel que je fais élever à Asnières. »

Elle répondit avec tranquillité : « Nous irons le voir demain pour que je me rende compte comment il est fait. »

Mais il rougit jusqu'aux oreilles en balbutiant : « Comme tu voudras. »

Elle se leva, le lendemain, dès sept heures, et comme il s'étonnait : « Mais n'allons-nous pas voir ton enfant? Tu me l'as promis hier soir. Est-ce que tu n'en aurais plus aujourd'hui, par hasard? »

Il sortit de son lit brusquement : « Ce n'est pas mon enfant que nous allons voir, mais un médecin; et il te dira ton fait. »

Elle répondit, en femme sûre d'elle : « Je ne demande pas mieux. »

Cachelin se chargea d'annoncer au ministère que son gendre était malade; et le ménage Lesable, renseigné par un médecin voisin, sonnait à une heure précise à la porte du docteur Lefilleul, auteur de plusieurs ouvrages sur l'hygiène de la génération.

Ils entrèrent dans un salon blanc à filets d'or, mal meublé, qui semblait nu et inhabité malgré le nombre de sièges. Ils s'assirent. Lesable se sentait ému, tremblant, honteux aussi. Leur tour vint et ils pénétrèrent dans une sorte de bureau où les reçut un gros homme de petite taille, cérémonieux et froid.

Il attendit qu'ils s'expliquassent; mais Lesable ne s'y hasardait point, rouge jusqu'aux oreilles. Sa femme alors se décida, et, d'une voix tranquille, en personne résolue à tout pour arriver à son but : « Monsieur, nous venons vous trouver parce que nous n'avons pas d'enfant. Une grosse fortune en dépend pour nous. »

La consultation fut longue, minutieuse et pénible. Seule Cora ne semblait point gênée, se prêtait à l'examen attentif du médecin en femme qu'anime et que soutient un intérêt plus haut.

Après avoir étudié pendant près d'une heure les deux époux, le praticien ne se prononça pas.

« Je ne constate rien, dit-il, rien d'anormal, ni rien de spécial. Le cas, d'ailleurs, se présente assez fréquemment. Il en est des corps comme des caractères. Lorsque nous voyons tant de ménages disjoints pour incompatibilité d'humeur, il n'est pas étonnant d'en voir d'autres stériles pour incompatibilité physique. Madame me paraît particulièrement bien constituée et apte à la génération. Monsieur, de son côté, bien que ne présentant aucun caractère de conformation en dehors de la règle, me semble affaibli, peut-être même par suite de son excessif désir de devenir père. Voulez-vous me permettre de vous ausculter? »

Lesable inquiet, ôta son gilet et le docteur colla longtemps son oreille sur le thorax et dans le dos de l'employé, puis il tapota obstinément depuis l'estomac jusqu'au cou et depuis les reins jusqu'à la nuque.

Il constata un léger trouble au premier temps du cœur, et même une menace du côté de la poitrine.

« Il faut vous soigner, monsieur, vous soigner attentivement. C'est de l'anémie, de l'épuisement, pas autre chose. Ces accidents, encore insignifiants, pourraient, en peu de temps, devenir incurables. »

Lesable, blême d'angoisse, demanda une ordonnance. On lui prescrivit un régime compliqué. Du fer, des viandes rouges, du bouillon dans le jour, de l'exercice, du repos et un séjour à la campagne pendant l'été. Puis le docteur leur donna des conseils pour le moment où il irait mieux. Il leur indiqua des pratiques usitées dans leur cas et qui avaient souvent réussi.

La consultation coûta quarante francs.

Lorsqu'ils furent dans la rue, Cora prononça,

pleine de colère sourde et prévoyant l'avenir :
« Me voilà bien lotie, moi ! »

Il ne répondit pas. Il marcha dévoré de
craintes, recherchant et pesant chaque parole du
docteur. Ne l'avait-il pas trompé ? Ne l'avait-il
pas jugé perdu ? Il ne pensait guère à l'héritage,
maintenant, et à l'enfant ! Il s'agissait de sa vie !

Il lui semblait entendre un sifflement dans ses
poumons et sentir son cœur battre à coups
précipités. En traversant les Tuileries il eut une
faiblesse et désira s'asseoir. Sa femme, exaspérée,
resta debout près de lui pour l'humilier, le
regardant de haut en bas avec une pitié mépri-
sante. Il respirait péniblement, exagérant l'es-
soufflement qui provenait de son émotion ; et, les
doigts de la main gauche sur le pouls du poignet
droit, il comptait les pulsations de l'artère.

Cora, qui piétinait d'impatience, demanda :
« Est-ce fini, ces manières-là ? Quand tu seras
prêt ? » Il se leva, comme se lèvent les victimes, et
se remit en route sans prononcer une parole.

Quand Cachelin apprit le résultat de la consultation, il ne modéra point sa fureur. Il gueulait :
« Nous voilà propres, ah bien ! nous voilà
propres. » Et il regardait son gendre avec des
yeux féroces, comme s'il eût voulu le dévorer.

Lesable n'écoutait pas, n'entendait pas, ne
pensant plus qu'à sa santé, à son existence
menacée. Ils pouvaient crier, le père et la fille, ils
n'étaient pas dans sa peau, à lui, et, sa peau, il la
voulait garder.

Il eut des bouteilles de pharmacien sur sa
table, et il dosait, à chaque repas, les médica-

ments, sous les sourires de sa femme et les rires bruyants de son beau-père. Il se regardait dans la glace à tout instant, posait à tout moment la main sur son cœur pour en étudier les secousses, et il se fit faire un lit dans une pièce obscure qui servait de garde-robe, ne voulant plus se trouver en contact charnel avec Cora.

Il éprouvait pour elle, maintenant, une haine apeurée, mêlée de mépris et de dégoût. Toutes les femmes, d'ailleurs, lui apparaissaient à présent comme des monstres, des bêtes dangereuses, ayant pour mission de tuer les hommes[10] : et il ne pensait plus au testament de tante Charlotte que comme on pense à un accident passé dont on a failli mourir.

Des mois encore s'écoulèrent. Il ne restait plus qu'un an avant le terme final.

Cachelin avait accroché dans la salle à manger un énorme calendrier dont il effaçait un jour chaque matin, et l'exaspération de son impuissance, le désespoir de sentir de semaine en semaine lui échapper cette fortune, la rage de penser qu'il lui faudrait trimer encore au bureau, et vivre ensuite avec une retraite de deux mille francs, jusqu'à sa mort, le poussaient à des violences de paroles qui, pour moins que rien, seraient devenues des voies de fait.

Il ne pouvait regarder Lesable sans frémir d'un besoin furieux de le battre, de l'écraser, de le piétiner. Il le haïssait d'une haine désordonnée. Chaque fois qu'il le voyait ouvrir la porte, entrer, il lui semblait qu'un voleur pénétrait chez lui, qui l'avait dépouillé d'un bien sacré, d'un héritage de

famille. Il le haïssait plus qu'on ne hait un
ennemi mortel, et il le méprisait en même temps
pour sa faiblesse, et surtout pour sa lâcheté,
depuis qu'il avait renoncé à poursuivre l'espoir
commun par crainte de sa santé.

Lesable, en effet, vivait plus séparé de sa
femme que si aucun lien ne les eût unis. Il ne
l'approchait plus, ne la touchait plus, évitait
même son regard, autant par honte que par peur.

Cachelin, chaque jour, demandait à sa fille :
« Eh bien, ton mari s'est-il décidé? »

Elle répondait : « Non, papa. »

Chaque soir, à table, avaient lieu des scènes
pénibles. Cachelin sans cesse répétait : « Quand
un homme n'est pas un homme, il ferait mieux de
crever pour céder la place à un autre. »

Et Cora ajoutait : « Le fait est qu'il y a des
gens bien inutiles et bien gênants. Je ne sais pas
trop ce qu'ils font sur la terre si ce n'est d'être à
charge à tout le monde. »

Lesable buvait ses drogues et ne répondait pas.
Un jour enfin, son beau-père lui cria : « Vous
savez, vous, si vous ne changez pas d'allures,
maintenant que vous allez mieux, je sais bien ce
que fera ma fille!... »

Le gendre leva les yeux, pressentant un nouvel
outrage, interrogeant du regard. Cachelin reprit :
« Elle en prendra un autre que vous, parbleu! Et
vous avez une rude chance que ce ne soit pas déjà
fait. Quand on a épousé un paltoquet de votre
espèce, tout est permis. »

Lesable, livide, répondit : « Ce n'est pas moi
qui l'empêche de suivre vos bons conseils. »

Cora avait baissé les yeux. Et Cachelin, sentant vaguement qu'il venait de dire une chose trop forte, demeura un peu confus.

VI

Au ministère, les deux hommes semblaient vivre en assez bonne intelligence. Une sorte de pacte tacite s'était fait entre eux pour cacher à leurs collègues les batailles de leur intérieur. Ils s'appelaient « mon cher Cachelin » — « mon cher Lesable », et feignaient même de rire ensemble, d'être heureux et contents, satisfaits de leur vie commune.

Lesable et Maze, de leur côté, se comportaient l'un vis-à-vis de l'autre avec la politesse cérémonieuse d'adversaires qui ont failli se battre. Le duel raté dont ils avaient eu le frisson mettait entre eux une politesse exagérée, une considération plus marquée, et peut-être un désir secret de rapprochement, venu de la crainte confuse d'une complication nouvelle. On observait et on approuvait leur attitude d'hommes du monde qui ont eu une affaire d'honneur.

Ils se saluaient de fort loin, avec une gravité sévère, d'un grand coup de chapeau tout à fait digne.

Ils ne se parlaient pas, aucun des deux ne voulant ou n'osant prendre sur lui de commencer.

Mais un jour, Lesable, que le chef demandait immédiatement, se mit à courir pour marquer

son zèle, et, au détour du couloir, il alla donner
de tout son élan dans le ventre d'un employé qui
arrivait en sens inverse. C'était Maze. Ils recu-
lèrent tous les deux, et Lesable demanda avec un
empressement confus et poli : « Je ne vous ai
point fait de mal, monsieur? »

L'autre répondit : « Nullement, monsieur. »

Depuis ce moment, ils jugèrent convenable
d'échanger quelques paroles en se rencontrant.
Puis, entrant en lutte de courtoisie, ils eurent des
prévenances l'un pour l'autre, d'où naquit
bientôt une certaine familiarité, puis une intimité
que tempérait une réserve, l'intimité de gens qui
s'étaient méconnus, mais dont une certaine hésitation craintive retient encore l'élan; puis, à force
de politesses et de visites de pièce à pièce, une
camaraderie s'établit.

Souvent ils bavardaient maintenant, en venant
aux nouvelles dans le bureau du commis d'ordre.
Lesable avait perdu de sa morgue d'employé sûr
d'arriver, Maze mettait de côté sa tenue
d'homme du monde; et Cachelin se mêlait à la
conversation, semblait voir avec intérêt leur
amitié. Quelquefois, après le départ du beau
commis, qui s'en allait la taille droite, effleurant
du front le haut de la porte, il murmurait en
regardant son gendre : « En voilà un gaillard, au
moins! »

Un matin, comme ils étaient là tous les quatre,
car le père Savon ne quittait jamais sa copie, la
chaise de l'expéditionnaire, sciée sans doute par
quelque farceur, s'écroula sous lui, et le bon-

homme roula sur le parquet en poussant un cri
d'effroi.

Les trois autres se précipitèrent. Le commis
d'ordre attribua cette machination aux communards et Maze voulait à toute force voir l'endroit
blessé. Cachelin et lui essayèrent même de désha-
biller le vieux pour le panser, disaient-ils. Mais il
résistait désespérément, criant qu'il n'avait rien.

Quand la gaieté fut apaisée, Cachelin, tout à
coup, s'écria : « Dites donc, monsieur Maze, vous
ne savez pas, maintenant que nous sommes bien
ensemble, vous devriez venir dîner dimanche à la
maison. Ça nous ferait plaisir à tous, à mon
gendre, à moi et à ma fille qui vous connaît bien
de nom, car on parle souvent du bureau. C'est
dit, hein? »

Lesable joignit ses instances, mais plus froidement, à celles de son beau-père : « Venez donc,
vous nous ferez grand plaisir. »

Maze hésitait, embarrassé, souriant au souvenir de tous les bruits qui couraient.

Cachelin le pressait : « Allons, c'est entendu?

— Eh bien, oui, j'accepte. »

Quand son père lui dit, en rentrant : « Tu ne
sais pas, M. Maze vient dîner ici dimanche
prochain », Cora, surprise d'abord, balbutia :
« Monsieur Maze? — Tiens! »

Et elle rougit jusqu'aux cheveux, sans savoir
pourquoi. Elle avait si souvent entendu parler de
lui, de ses manières, de ses succès, car il passait
dans le ministère pour entreprenant avec les
femmes et irrésistible, qu'un désir de le connaître
s'était éveillé en elle depuis longtemps.

Cachelin reprit en se frottant les mains : « Tu
verras, c'est un rude gars, et un beau garçon. Il
est haut comme un carabinier, il ne ressemble pas
à ton mari, celui-là ! »

Elle ne répondit rien, confuse comme si on eût
pu deviner qu'elle avait rêvé de lui.

On prépara ce dîner avec autant de sollicitude
que celui de Lesable autrefois. Cachelin discutait
les plats, voulait que ce fût bien, et comme si une
confiance inavouée, encore indécise, eût surgi de
son cœur, il semblait plus gai, tranquillisé par
quelque prévision secrète et sûre.

Toute la journée du dimanche, il surveilla les
préparatifs avec agitation, tandis que Lesable
traitait une affaire urgente apportée la veille du
bureau. On était dans la première semaine de
novembre et le Jour de l'an approchait.

A sept heures, Maze arriva, plein de bonne
humeur. Il entra comme chez lui et offrit, avec
un compliment, un gros bouquet de roses à Cora.
Il ajouta, de ce ton familier des gens habitués au
monde : « Il me semble, madame, que je vous
connais un peu, et que je vous ai connue toute
petite fille, car voici bien des années que votre
père me parle de vous. »

Cachelin, en apercevant les fleurs, s'écria :

« Ça, au moins, c'est distingué. » Et sa fille se
rappela que Lesable n'en avait point apporté le
jour de sa présentation. Le beau commis semblait
enchanté, riait en bon enfant, qui vient pour la
première fois chez de vieux amis, et lançait à
Cora des galanteries discrètes qui lui empour-
praient les joues.

Il la trouva fort désirable. Elle le jugea fort séduisant. Quand il fut parti, Cachelin demanda : « Hein, quel bon zig, et quel sacripant ça doit faire! Il paraît qu'il enjôle toutes les femmes. »

Cora, moins expansive, avoua cependant qu'elle le trouvait « aimable et pas si poseur qu'elle aurait cru ».

Lesable, qui semblait moins las et moins triste que de coutume, convint qu'il l'avait « méconnu » dans les premiers temps.

Maze revint avec réserve d'abord, puis plus souvent. Il plaisait à tout le monde. On l'attirait, on le soignait. Cora lui faisait les plats qu'il aimait. Et l'intimité des trois hommes fut bientôt si vive qu'ils ne se quittaient plus guère. Le nouvel ami emmenait la famille au théâtre, en des loges obtenues par les journaux.

On retournait à pied, la nuit, le long des rues pleines de monde, jusqu'à la porte du ménage Lesable. Maze et Cora marchaient devant, d'un pas égal, hanche à hanche, balancés d'un même mouvement, d'un même rythme, comme deux êtres créés pour aller côte à côte dans la vie. Ils parlaient à mi-voix, car ils s'entendaient à merveille, en riant d'un rire étouffé; et parfois la jeune femme se retournait pour jeter derrière elle un coup d'œil sur son père et son mari.

Cachelin les couvrait d'un regard bienveillant, et souvent, sans songer qu'il parlait à son gendre, il déclarait : « Ils ont bonne tournure tout de même, ça fait plaisir de les voir ensemble. » Lesable répondait tranquillement : « Ils sont presque de la même taille », et heureux de sentir

que son cœur battait moins fort, qu'il soufflait
moins en marchant vite et qu'il était en tout plus
gaillard, il laissait s'évanouir peu à peu sa
rancune contre son beau-père dont les quolibets
méchants avaient d'ailleurs cessé depuis quelque
temps.

Au Jour de l'an il fut nommé commis principal. Il en éprouva une joie si véhémente, qu'il
embrassa sa femme en rentrant, pour la première
fois depuis six mois. Elle en parut tout interdite,
gênée comme s'il eût fait une chose inconvenante; et elle regarda Maze qui était venu pour
lui présenter, à l'occasion du premier janvier, ses
hommages et ses souhaits. Il eut l'air lui-même
embarrassé et il se tourna vers la fenêtre, en
homme qui ne veut pas voir.

Mais Cachelin bientôt redevint irritable et
mauvais, et il recommença à harceler son gendre
de plaisanteries. Parfois même il attaquait Maze,
comme s'il lui en eût voulu aussi de la catastrophe suspendue sur eux et dont la date
inévitable se rapprochait à chaque minute.

Seule, Cora paraissait tout à fait tranquille,
tout à fait heureuse, tout à fait radieuse. Elle
avait oublié, semblait-il, le terme menaçant et si
proche.

On atteignit mars. Tout espoir semblait perdu,
car il y aurait trois ans, au 20 juillet, que tante
Charlotte était morte.

Un printemps précoce faisait germer la terre;
et Maze proposa à ses amis de faire une promenade au bord de la Seine[11], un dimanche, pour
cueillir des violettes dans les buissons.

Ils partirent par un train matinal et descen-
dirent à Maisons-Laffitte. Un frisson d'hiver
courait encore dans les branches nues, mais
l'herbe reverdie, luisante, était déjà tachée de
fleurs blanches et bleues; et les arbres fruitiers
sur les coteaux semblaient enguirlandés de roses,
avec leurs bras maigres couverts de bourgeons
épanouis.

La Seine, lourde, coulait triste et boueuse des
pluies dernières, entre ses berges rongées par les
crues de l'hiver; et toute la campagne trempée
d'eau, semblant sortir d'un bain, exhalait une
saveur d'humidité douce sous la tiédeur des
premiers jours de soleil.

On s'égara dans le parc. Cachelin, morne,
tapait de sa canne des mottes de terre, plus
accablé que de coutume, songeant plus amère-
ment, ce jour-là, à leur infortune bientôt com-
plète. Lesable, morose aussi, craignait de se
mouiller les pieds dans l'herbe, tandis que sa
femme et Maze cherchaient à faire un bouquet.
Cora, depuis quelques jours, semblait souffrante,
lasse et pâlie.

Elle fut tout de suite fatiguée et voulut rentrer
pour déjeuner. On gagna un petit restaurant
contre un vieux moulin croulant; et le déjeuner
traditionnel des Parisiens en sortie fut bientôt
servi sous la tonnelle, sur la table de bois vêtue
de deux serviettes, et tout près de la rivière.

On avait croqué des goujons frits, mâché le
bœuf entouré de pommes de terre, et on passait
le saladier plein de feuilles vertes, quand Cora se
leva brusquement, et se mit à courir vers la

berge, en tenant à deux mains sa serviette sur sa bouche.

Lesable, inquiet, demanda : « Qu'est-ce qu'elle a donc? » Maze, troublé, rougit, balbutia : « Mais... je ne sais pas... elle allait bien tout à l'heure! » Et Cachelin demeurait effaré, la fourchette en l'air avec une feuille de salade au bout.

Il se leva, cherchant à voir sa fille. En se penchant, il l'aperçut la tête contre un arbre, malade. Un soupçon rapide lui coupa les jarrets et il s'abattit sur sa chaise, jetant des regards effarés sur les deux hommes qui semblaient maintenant aussi confus l'un que l'autre. Il les fouillait de son œil anxieux, n'osant plus parler, fou d'angoisse et d'espérance.

Un quart d'heure s'écoula dans un silence profond. Et Cora reparut, un peu pâle, marchant avec peine. Personne ne l'interrogea d'une façon précise; chacun paraissait deviner un événement heureux, pénible à dire, brûler de le savoir et craindre de l'apprendre. Seul, Cachelin lui demanda : « Ça va mieux? » Elle répondit : « Oui, merci, ce n'était rien. Mais nous rentrerons de bonne heure, j'ai un peu de migraine. »

Et pour repartir, elle prit le bras de son mari comme pour signifier quelque chose de mystérieux qu'elle n'osait avouer encore.

On se sépara dans la gare Saint-Lazare, Maze, prétextant une affaire dont le souvenir lui revenait, s'en alla après avoir salué et serré les mains.

Dès que Cachelin fut seul avec sa fille et son gendre il demanda : « Qu'est-ce que tu as eu pendant le déjeuner? »

Mais Cora ne répondit point d'abord; puis après avoir hésité quelque temps : « Ce n'était rien. Un petit mal de cœur. »

Elle marchait d'un pas alangui, avec un sourire sur les lèvres. Lesable, mal à l'aise, l'esprit troublé, hanté d'idées confuses, contradictoires, plein d'appétits de luxe, de colère sourde, de honte inavouable, de lâcheté jalouse, faisait comme ces dormeurs qui ferment les yeux au matin pour ne point voir le rayon de lumière glissant entre les rideaux et qui coupe leur lit d'un trait brillant.

Dès qu'il fut rentré, il parla d'un travail à finir et s'enferma.

Alors Cachelin, posant les deux mains sur les épaules de sa fille : « Tu es enceinte, hein? »

Elle balbutia : « Oui, je le crois. Depuis deux mois. »

Elle n'avait point fini de parler qu'il bondissait d'allégresse; puis il se mit à danser autour d'elle un cancan de bal public, vieux ressouvenir de ses jours de garnison. Il levait la jambe, sautait malgré son ventre, secouait l'appartement tout entier. Les meubles se balançaient, les verres se heurtaient dans le buffet, la suspension oscillait et vibrait comme la lampe d'un navire.

Puis il prit dans ses bras sa fille chérie et l'embrassa frénétiquement; puis, lui jetant d'une façon familière une petite tape sur le ventre : « Ah! ça y est, enfin! L'as-tu dit à ton mari? »

Elle murmura, intimidée tout à coup : « Non... pas encore... je... j'attendais. »

Mais Cachelin s'écria : « Bon, c'est bon. Ça te gêne. Attends, je vais le lui dire, moi! »

Et il se précipita dans l'appartement de son gendre. En le voyant entrer, Lesable, qui ne faisait rien, se dressa. Mais l'autre ne lui laissa pas le temps de se reconnaître : « Vous savez que votre femme est grosse? »

L'époux, interdit, perdait contenance, et ses pommettes devinrent rouges.

« Quoi? Comment? Cora? Vous dites?

— Je dis qu'elle est grosse, entendez-vous? En voilà une chance! »

Et dans sa joie, il lui prit les mains, les serra, les secoua, comme pour le féliciter, le remercier, il répétait : « Ah! enfin, ça y est. C'est bien! c'est bien! Songez donc, la fortune est à nous. » Et, n'y tenant plus, il le serra dans ses bras.

Il criait : « Plus d'un million, songez, plus d'un million! » Il se remit à danser, puis soudain : « Mais venez donc, elle vous attend : venez l'embrasser, au moins! » Et le prenant à plein corps, il le poussa devant lui et le lança comme une balle dans la salle où Cora était restée, debout, inquiète, écoutant.

Dès qu'elle aperçut son mari, elle recula, étranglée par une brusque émotion. Il restait devant elle, pâle et torturé. Il avait l'air d'un juge et elle d'une coupable.

Enfin il dit : « Il paraît que tu es enceinte? »

Elle balbutia d'une voix tremblante : « Ça en a l'air. »

Mais Cachelin les saisit tous les deux par le cou et il les colla l'un à l'autre, nez à nez, en criant :

« Embrassez-vous donc, nom d'un chien ! Ça en vaut bien la peine. »

Et, quand il les eut lâchés, il déclara, débordant d'une joie folle : « Enfin, c'est partie gagnée ! Dites donc, Léopold, nous allons tout de suite acheter une propriété à la campagne. Là, au moins, vous pourrez remettre votre santé. »

A cette idée, Lesable tressaillit. Son beau-père reprit : « Nous y inviterons M. Torchebeuf avec sa dame, et comme le sous-chef est au bout de son rouleau, vous pourrez prendre sa succession. C'est un acheminement. »

Lesable voyait les choses, à mesure que parlait Cachelin ; il se voyait lui-même, recevant le chef, dans une jolie propriété blanche, au bord de la rivière. Il avait une veste de coutil, et un panama sur la tête.

Quelque chose de doux lui entrait dans le cœur à cette espérance, quelque chose de tiède et de bon qui semblait se mêler à lui, le rendre léger et déjà mieux portant.

Il sourit, sans répondre encore.

Cachelin, grisé d'espoirs, emporté dans les rêves, continuait : « Qui sait ? nous pourrons prendre de l'influence dans le pays. Vous serez peut-être député. Dans tous les cas, nous pourrons voir la société de l'endroit, et nous payer des douceurs. Vous aurez un petit cheval et un panier pour aller chaque jour à la gare. »

Des images de luxe, d'élégance et de bien-être s'éveillaient dans l'esprit de Lesable. La pensée qu'il conduirait lui-même une mignonne voiture, comme ces gens riches dont il avait si souvent

envié le sort, détermina sa satisfaction. Il ne put
s'empêcher de dire : « Ah! ça, oui, c'est charmant, par exemple. »

Cora, le voyant gagné, souriait aussi, attendrie
et reconnaissante; et Cachelin, qui ne distinguait
plus d'obstacles, déclara :

« Nous allons dîner au restaurant. Sacristi! il
faut nous payer une petite noce. »

Ils étaient un peu gris en rentrant tous les
trois, et Lesable, qui voyait double et dont toutes
les idées dansaient, ne put regagner son cabinet
noir. Il se coucha, peut-être par mégarde, peut-
être par oubli, dans le lit encore vide où allait
entrer sa femme. Et toute la nuit il lui sembla
que sa couche oscillait comme un bateau, tan-
guait, roulait et chavirait. Il eut même un peu le
mal de mer.

Il fut bien surpris, en s'éveillant, de trouver
Cora dans ses bras.

Elle ouvrit les yeux, sourit, et l'embrassa avec
un élan subit, plein de gratitude et d'affection.
Puis elle lui dit, de cette voix douce qu'ont les
femmes dans leurs câlineries : « Si tu veux être
bien gentil, tu n'iras pas aujourd'hui au ministère.
Tu n'as plus besoin d'être si exact, puisque nous
allons être très riches. Et nous partirions encore à
la campagne, tous les deux, tout seuls. »

Il se sentait reposé, plein de ce bien-être las qui
suit les courbatures des fêtes, et engourdi dans la
chaleur de la couche. Il éprouvait une envie
lourde de rester là longtemps, de ne plus rien
faire que de vivre tranquille dans la mollesse. Un
besoin de paresse inconnu et puissant paralysait

son âme, envahissait son corps. Et une pensée vague, continue, heureuse, flottait en lui : Il allait être riche, indépendant.

Mais tout à coup une peur le saisit, et il demanda tout bas, comme s'il eût craint que ses paroles fussent entendues par les murs : « Es-tu bien sûre d'être enceinte, au moins ? »

Elle le rassura tout de suite : « Oh ! oui, va. Je ne me suis pas trompée. »

Et lui, un peu inquiet encore, se mit à la tâter doucement. Il parcourait de la main son ventre enflé. Il déclara : « Oui, c'est vrai — mais tu ne seras pas accouchée avant la date. On contestera peut-être notre droit. »

A cette supposition, une colère la prit. — Ah ! mais non, par exemple, on n'allait pas la chicaner maintenant, après tant de misères, de peines et d'efforts, ah ! mais non ! — Elle s'était assise, bouleversée par l'indignation.

« Allons de suite chez le notaire », dit-elle.

Mais il fut d'avis de se procurer d'abord un certificat de médecin. Ils retournèrent donc chez le docteur Lefilleul.

Il les reconnut aussitôt et demanda : « Eh bien, avez-vous réussi ? »

Ils rougirent tous deux jusqu'aux oreilles, et Cora, perdant un peu contenance, balbutia : « Je crois que oui, monsieur. »

Le médecin se frottait les mains : « Je m'y attendais, je m'y attendais. Le moyen que je vous ai indiqué ne manque jamais, à moins d'incapacité radicale d'un des conjoints. »

Quand il eut examiné la jeune femme il déclara : « Ça y est, bravo ! »

Et il écrivit sur une feuille de papier : « Je soussigné, docteur en médecine de la Faculté de Paris, certifie que Madame Léopold Lesable, née Cachelin, présente tous les symptômes d'une grossesse datant de trois mois environ. »

Puis, se tournant vers Lesable : « Et vous? Cette poitrine, et ce cœur? » Il l'ausculta et le trouva tout à fait guéri.

Ils repartirent, heureux et joyeux, bras à bras, d'un pied léger. Mais en route, Léopold eut une idée : « Tu ferais peut-être bien, avant d'aller chez le notaire, de passer une ou deux serviettes dans la ceinture, ça tirera l'œil et ça vaudra mieux. Il ne croira pas que nous voulons gagner du temps. »

Ils rentrèrent donc, et il déshabilla lui-même sa femme pour lui ajuster un flanc trompeur. Dix fois de suite il changea les serviettes de place, et il s'éloignait de quelques pas afin de constater l'effet, cherchant à obtenir une vraisemblance absolue.

Lorsqu'il fut content du résultat, ils repartirent, et dans la rue il semblait fier de promener ce ventre en bosse qui attestait sa virilité.

Le notaire les reçut avec bienveillance. Puis il écouta leur explication, parcourut de l'œil le certificat, et comme Lesable insistait : « Du reste, monsieur, il suffit de la voir une seconde », il jeta un regard convaincu sur la taille épaisse et pointue de la jeune femme.

Ils attendaient, anxieux; l'homme de loi décla-

ra : « Parfaitement. Que l'enfant soit né ou à
naître, il existe, il vit. Donc, nous surseoirons à
l'exécution du testament jusqu'à l'accouchement
de madame. »

En sortant de l'étude, ils s'embrassèrent dans
l'escalier, tant leur joie était véhémente.

VII

Depuis cette heureuse découverte, les trois
parents vivaient dans une union parfaite. Ils
étaient d'humeur gaie, égale et douce. Cachelin
avait retrouvé toute son ancienne jovialité, et
Cora accablait de soins son mari. Lesable aussi
semblait un autre homme, toujours content, et
bon enfant comme jamais il ne l'avait été.

Maze venait moins souvent et semblait, à
présent, mal à son aise dans la famille; on le
recevait toujours bien, avec plus de froideur
cependant, car le bonheur est égoïste et se passe
des étrangers.

Cachelin lui-même paraissait éprouver une
certaine hostilité secrète contre le beau commis
qu'il avait, quelques mois plus tôt, introduit avec
empressement dans le ménage. Ce fut lui qui
annonça à cet ami la grossesse de Coralie. Il la lui
dit brusquement : « Vous savez, ma fille est
enceinte ! »

Maze, jouant la surprise, répliqua : « Ah bah !
vous devez être bien heureux. »

Cachelin répondit : « Parbleu ! » et remarqua

que son collègue, au contraire, ne paraissait point
enchanté. Les hommes n'aiment guère voir en cet
état, que ce soit ou non par leur faute, les femmes
dont ils sont les fidèles.

Tous les dimanches, cependant, Maze continuait à dîner dans la maison. Mais les soirées
devenaient pénibles à passer ensemble, bien
qu'aucun désaccord grave n'eût surgi; et cet
étrange embarras grandissait de semaine en
semaine. Un soir même, comme il venait de
sortir, Cachelin déclara d'un air furieux : « En
voilà un qui commence à m'embêter ! »

Et Lesable répondit : « Le fait est qu'il ne
gagne pas à être beaucoup connu. » Cora avait
baissé les yeux. Elle ne donna pas son avis. Elle
semblait toujours gênée en face du grand Maze
qui, de son côté, paraissait presque honteux près
d'elle, ne la regardait plus en souriant comme
jadis, n'offrait plus de soirées au théâtre, et
semblait porter, ainsi qu'un fardeau nécessaire,
cette intimité naguère si cordiale.

Mais un jeudi, à l'heure du dîner, quand son
mari rentra du bureau, Cora lui baisa les favoris
avec plus de câlinerie que de coutume, et elle lui
murmura dans l'oreille :

« Tu vas peut-être me gronder ?

— Pourquoi ça ?

— C'est que... M. Maze est venu pour me voir
tantôt. Et moi, comme je ne veux pas qu'on jase
sur mon compte, je l'ai prié de ne jamais se
présenter quand tu ne serais pas là. Il a paru un
peu froissé ! »

Lesable, surpris, demanda :

« Eh bien, qu'est-ce qu'il a dit?

— Oh! il n'a pas dit grand-chose, seulement cela ne m'a pas plu tout de même, et je l'ai prié alors de cesser complètement ses visites. Tu sais bien que c'est papa et toi qui l'aviez amené ici, moi je n'y suis pour rien. Aussi, je craignais de te mécontenter en lui fermant la porte. »

Une joie reconnaissante entrait dans le cœur de son mari :

« Tu as bien fait, très bien fait. Et même je t'en remercie. »

Elle reprit, pour bien établir la situation des deux hommes, qu'elle avait réglée d'avance : « Au bureau, tu feras semblant de ne rien savoir, et tu lui parleras comme par le passé : seulement il ne viendra plus ici. »

Et Lesable, prenant avec tendresse sa femme dans ses bras, la bécota longtemps sur les yeux et sur les joues. Il répétait : « Tu es un ange! » Et il sentait contre son ventre la bosse de l'enfant déjà fort.

VIII

Rien de nouveau ne survint jusqu'au terme de la grossesse.

Cora accoucha d'une fille dans les derniers jours de septembre. Elle fut appelée Désirée; mais, comme on voulait faire un baptême solennel, on décida qu'il n'aurait lieu que l'été suivant, dans la propriété qu'ils allaient acheter.

Ils la choisirent à Asnières sur le coteau qui domine la Seine.

De grands événements s'étaient accomplis pendant l'hiver. Aussitôt l'héritage acquis, Cachelin avait réclamé sa retraite, qui fut aussitôt liquidée, et il avait quitté le bureau. Il occupait ses loisirs à découper, au moyen d'une fine scie mécanique, des couvercles de boîtes à cigares. Il en faisait des horloges, des coffrets, des jardinières, toutes sortes de petits meubles étranges. Il se passionnait pour cette besogne, dont le goût lui était venu en apercevant un marchand ambulant travailler ainsi ces plaques de bois, sur l'avenue de l'Opéra. Et il fallait que tout le monde admirât chaque jour ses dessins nouveaux, d'une complication savante et puérile.

Lui-même, émerveillé devant son œuvre, répétait sans cesse : « C'est étonnant ce qu'on arrive à faire ! »

Le sous-chef, M. Rabot, étant mort enfin, Lesable remplissait les fonctions de sa charge, bien qu'il n'en reçût pas le titre, car il n'avait point le temps de grade nécessaire depuis sa dernière nomination.

Cora était devenue tout de suite une femme différente, plus réservée, plus élégante, ayant compris, deviné, flairé toutes les transformations qu'impose la fortune.

Elle fit, à l'occasion du Jour de l'an, une visite à l'épouse du chef, grosse personne restée provinciale après trente-cinq ans de séjour à Paris, et elle mit tant de grâce et de séduction à la prier d'être la marraine de son enfant, que Mme Torchebeuf accepta. Le grand-père Cachelin fut parrain.

La cérémonie eut lieu par un dimanche éclatant de juin. Tout le bureau était convié, sauf le beau Maze, qu'on ne voyait plus.

A neuf heures, Lesable attendait devant la gare le train de Paris, tandis qu'un groom en livrée à gros boutons dorés tenait par la bride un poney dodu devant un panier tout neuf.

La machine au loin siffla, puis apparut, traînant son chapelet de voitures d'où s'échappa un flot de voyageurs.

M. Torchebeuf sortit d'un wagon de première classe, avec sa femme en toilette éclatante, tandis que, d'un wagon de deuxième, Pitolet et Boissel descendaient. On n'avait point osé inviter le père Savon, mais il était entendu qu'on le rencontrerait par hasard, dans l'après-midi, et qu'on l'amènerait dîner avec l'assentiment du chef.

Lesable s'élança au-devant de son supérieur, qui s'avançait tout petit dans sa redingote fleurie par sa grande décoration pareille à une rose rouge épanouie. Son crâne énorme, surmonté d'un chapeau à larges ailes, écrasait son corps chétif, lui donnait. un aspect de phénomène; et sa femme, en se haussant un rien sur la pointe des pieds, pouvait regarder sans peine par-dessus sa tête.

Léopold, radieux, s'inclinait, remerciait. Il les fit monter dans le panier, puis courant vers ses deux collègues qui s'en venaient modestement derrière, il leur serra les mains en s'excusant de ne les pouvoir porter aussi dans sa voiture trop petite : « Suivez le quai, vous arriverez devant ma porte : *Villa Désirée*, la quatrième après le tournant. Dépêchez-vous. »

Et, montant dans sa voiture, il saisit les guides et partit, tandis que le groom sautait lestement sur le petit siège de derrière.

La cérémonie eut lieu dans les meilleures conditions. Puis on rentra pour déjeuner. Chacun, sous sa serviette, trouva un cadeau proportionné à l'importance de l'invité. La marraine eut un bracelet d'or massif, son mari une épingle de cravate en rubis, Boissel un portefeuille en cuir de Russie, et Pitolet une superbe pipe d'écume. C'était Désirée, disait-on, qui offrait ces présents à ses nouveaux amis.

Mme Torchebeuf, rouge de confusion et de plaisir, mit à son gros bras le cercle brillant, et comme le chef avait une mince cravate noire qui ne pouvait porter d'épingle, il piqua le bijou sur le revers de sa redingote, au-dessous de la Légion d'honneur, comme une autre croix d'ordre inférieur.

Par la fenêtre, on découvrait un grand ruban de rivière, montant vers Suresnes, le long des berges plantées d'arbres. Le soleil tombait en pluie sur l'eau, en faisait un fleuve de feu. Le commencement du repas fut grave, rendu sérieux par la présence de M. et de Mme Torchebeuf. Puis on s'égaya. Cachelin lâchait des plaisanteries de poids, qu'il se sentait permises, étant riche ; et on riait.

De Pitolet ou de Boissel, elles auraient certainement choqué.

Au dessert, il fallut apporter l'enfant, que chaque convive embrassa. Noyé dans une neige de dentelles, il regardait ces gens de ses yeux bleus, troubles et sans pensée, et il tournait un peu sa tête bouffie où semblait s'éveiller un commencement d'attention.

Pitolet, au milieu du bruit des voix, glissa dans l'oreille de son voisin Boissel : « Elle a l'air d'une petite Mazette. »

Le mot courut au ministère, le lendemain.

Cependant, deux heures venaient de sonner ; on avait bu les liqueurs, et Cachelin proposa de visiter la propriété, puis d'aller faire un tour au bord de la Seine.

Les convives, en procession, circulèrent de pièce en pièce, depuis la cave jusqu'au grenier, puis ils parcoururent le jardin, d'arbre en arbre, de plante en plante, puis on se divisa en deux bandes pour la promenade.

Cachelin, un peu gêné près des dames, entraîna Boissel et Pitolet dans les cafés de la rive, tandis que Mmes Torchebeuf et Lesable, avec leurs maris, remonteraient sur l'autre berge, des femmes honnêtes ne pouvant se mêler au monde débraillé du dimanche.

Elles allaient avec lenteur, sur le chemin de halage, suivies des deux hommes qui causaient gravement du bureau.

Sur le fleuve, des yoles passaient, enlevées à longs coups d'aviron par des gaillards aux bras nus dont les muscles roulaient sous la chair brûlée. Les canotières, allongées sur des peaux de bêtes noires ou blanches, gouvernaient la barre,

engourdies sous le soleil, tenant ouvertes sur leur
tête, comme des fleurs énormes flottant sur l'eau,
des ombrelles de soie rouge, jaune ou bleue. Des
cris volaient d'une barque à l'autre, des appels et
des engueulades; et un bruit lointain de voix
humaines, confus et continu, indiquait, là-bas, la
foule grouillante des jours de fête.

Des files de pêcheurs à la ligne restaient
immobiles, tout le long de la rivière; tandis que
des nageurs presque nus, debout dans de lourdes
embarcations de pêcheurs, piquaient des têtes,
remontaient sur leurs bateaux et ressautaient
dans le courant.

Mme Torchebeuf, surprise, regardait. Cora lui
dit : « C'est ainsi tous les dimanches. Cela me
gâte ce charmant pays. »

Un canot venait doucement. Deux femmes,
ramant, traînaient deux gaillards couchés au
fond. Une d'elles cria vers la berge : « Ohé! ohé!
les femmes honnêtes! J'ai un homme à vendre,
pas cher, voulez-vous? »

Cora, se détournant avec mépris, passa son
bras sous celui de son invitée : « On ne peut
même rester ici, allons-nous-en. Comme ces créa-
tures sont infâmes! »

Et elles repartirent. M. Torchebeuf disait à
Lesable : « C'est entendu pour le 1er janvier. Le
directeur me l'a formellement promis. »

Et Lesable répondait : « Je ne sais comment
vous remercier, mon cher maître. »

En rentrant, ils trouvèrent Cachelin, Pitolet et
Boissel riant aux larmes et portant presque le

père Savon, trouvé sur la berge, avec une cocotte, affirmaient-ils par plaisanterie.

Le vieux, effaré, répétait : « Ça n'est pas vrai; non, ça n'est pas vrai. Ça n'est pas bien de dire ça, monsieur Cachelin, ça n'est pas bien. »

Et Cachelin, suffoquant, criait : « Ah! vieux farceur! Tu l'appelais : « Ma petite plume d'oie chérie. » Ah! nous le tenons, le polisson! »

Ces dames elles-mêmes se mirent à rire, tant le bonhomme semblait éperdu.

Cachelin reprit : « Si monsieur Torchebeuf le permet, nous allons le garder prisonnier pour sa peine, et il dînera avec nous? »

Le chef consentit avec bienveillance. Et on continua à rire sur la dame abandonnée par le vieux qui protestait toujours, désolé de cette mauvaise farce.

Ce fut là, jusqu'au soir, un sujet à mots d'esprit inépuisable, qui prêta même à des grivoiseries.

Cora et Mme Torchebeuf, assises sous la tente sur le perron, regardaient les reflets du couchant. Le soleil jetait dans les feuilles une poussière de pourpre. Aucun souffle ne remuait les branches; une paix sereine, infinie, tombait du ciel flamboyant et calme.

Quelques bateaux passaient encore, plus lents, rentrant au garage.

Cora demanda : « Il paraît que ce pauvre M. Savon a épousé une gueuse? »

Mme Torchebeuf, au courant de toutes les choses du bureau, répondit : « Oui, une orpheline beaucoup trop jeune, qui l'a trompé avec un

mauvais sujet et qui a fini par s'enfuir avec lui. »
Puis la grosse dame ajouta : « Je dis que c'était
un mauvais sujet, je n'en sais rien. On prétend
qu'ils s'aimaient beaucoup. Dans tous les cas, le
père Savon n'est pas séduisant. »

Mme Lesable reprit gravement : « Cela n'excuse
rien. Le pauvre homme est bien à plaindre. Notre
voisin d'à côté, M. Barbou, est dans le même cas.
Sa femme s'est éprise d'une sorte de peintre qui
passait les étés ici et elle est partie avec lui à
l'étranger. Je ne comprends pas qu'une femme
tombe jusque-là. A mon avis, il devrait y avoir
un châtiment spécial pour de pareilles misérables
qui apportent la honte dans une famille. »

Au bout de l'allée, la nourrice apparut, portant
Désirée dans ses dentelles. L'enfant venait vers
les deux dames, toute rose dans la nuée d'or
rouge du soir. Elle regardait le ciel de feu de ce
même œil pâle, étonné et vague qu'elle promenait
sur les visages.

Tous les hommes, qui causaient plus loin, se
rapprochèrent; et Cachelin, saisissant sa petite-
fille, l'éleva au bout de ses bras comme s'il eût
voulu la porter dans le firmament. Elle se
profilait sur le fond brillant de l'horizon avec sa
longue robe blanche qui tombait jusqu'à terre.

Et le grand-père s'écria : « Voilà ce qu'il y a de
meilleur au monde, n'est-ce pas, père Savon? »

Et le vieux ne répondit pas, n'ayant rien à
dire, ou, peut-être, pensant trop de choses.

Un domestique ouvrit la porte du perron, en
annonçant : « Madame est servie! »

DENIS [12]

A Léon Chapron [13].

I

M. Marambot ouvrit la lettre que lui remettait Denis, son serviteur, et il sourit.

Denis, depuis vingt ans dans la maison, petit homme trapu et jovial, qu'on citait dans toute la contrée comme le modèle des domestiques, demanda :

« Monsieur est content, Monsieur a reçu une bonne nouvelle? »

M. Marambot n'était pas riche. Ancien pharmacien de village, célibataire, il vivait d'un petit revenu acquis avec peine en vendant des drogues aux paysans. Il répondit :

« Oui, mon garçon. Le père Malois recule devant le procès dont je le menace; je recevrai demain mon argent. Cinq mille francs ne font pas de mal dans la caisse d'un vieux garçon. »

Et M. Marambot se frottait les mains. C'était

un homme d'un caractère résigné, plutôt triste
que gai, incapable d'un effort prolongé, nonchalant dans ses affaires.

Il aurait pu certainement gagner une aisance
plus considérable en profitant du décès de
confrères établis en des centres importants, pour
aller occuper leur place et prendre leur clientèle.
Mais l'ennui de déménager, et la pensée de toutes
les démarches qu'il lui faudrait accomplir,
l'avaient sans cesse retenu; et il se contentait de
dire après deux jours de réflexion :

« Baste! ce sera pour la prochaine fois. Je ne
perds rien à attendre. Je trouverai mieux peut-
être. »

Denis, au contraire, poussait son maître aux
entreprises. D'un caractère actif, il répétait sans
cesse :

« Oh! moi, si j'avais eu le premier capital,
j'aurais fait fortune. Seulement mille francs, et je
tenais mon affaire. »

M. Marambot souriait sans répondre et sortait
dans son petit jardin, où il se promenait, les
mains derrière le dos, en rêvassant.

Denis, tout le jour, chanta, comme un homme
en joie, des refrains et des rondes du pays. Il
montra même une activité inusitée, car il nettoya
les carreaux de toute la maison, essuyant le verre
avec ardeur, en entonnant à plein gosier ses
couplets.

M. Marambot, étonné de son zèle, lui dit à
plusieurs reprises, en souriant :

« Si tu travailles comme ça, mon garçon, tu ne
garderas rien à faire pour demain. »

Le lendemain, vers neuf heures du matin, le facteur remit à Denis quatre lettres pour son maître, dont une très lourde. M. Marambot s'enferma aussitôt dans sa chambre jusqu'au milieu de l'après-midi. Il confia alors à son domestique quatre enveloppes pour la poste. Une d'elles était adressée à M. Malois, c'était sans doute un reçu de l'argent.

Denis ne posa point de questions à son maître; il parut aussi triste et sombre ce jour-là, qu'il avait été joyeux la veille.

La nuit vint. M. Marambot se coucha à son heure ordinaire et s'endormit.

Il fut réveillé par un bruit singulier. Il s'assit aussitôt dans son lit et écouta. Mais brusquement sa porte s'ouvrit, et Denis parut sur le seuil, tenant une bougie d'une main, un couteau de cuisine de l'autre, avec de gros yeux fixes, la lèvre et les joues contractées comme celles des gens qu'agite une horrible émotion, et si pâle qu'il semblait un revenant.

M. Marambot, interdit, le crut devenu somnambule, et il allait se lever pour courir au-devant de lui, quand le domestique souffla la bougie en se ruant vers le lit. Son maître tendit les mains en avant pour recevoir le choc qui le renversa sur le dos; et il cherchait à saisir les mains de son domestique qu'il pensait maintenant atteint de folie, afin de parer les coups précipités qu'il lui portait.

Il fut atteint une première fois à l'épaule par le couteau, une seconde fois au front, une troisième fois à la poitrine. Il se débattait éperdument,

agitant ses mains dans l'obscurité, lançant aussi
des coups de pied et criant :

« Denis! Denis! es-tu fou, voyons, Denis! »

Mais l'autre, haletant, s'acharnait, frappait
toujours, repoussé tantôt d'un coup de pied,
tantôt d'un coup de poing, et revenant furieusement. M. Marambot fut encore blessé deux fois à
la jambe et une fois au ventre. Mais soudain une
pensée rapide lui traversa l'esprit et il se mit à
crier :

« Finis donc, finis donc, Denis, je n'ai pas reçu
mon argent. »

L'homme aussitôt s'arrêta; et son maître
entendait, dans l'obscurité, sa respiration sif-
flante.

M. Marambot reprit aussitôt :

« Je n'ai rien reçu. M. Malois se dédit, le procès
va avoir lieu; c'est pour ça que tu as porté les
lettres à la poste. Lis plutôt celles qui sont sur
mon secrétaire. »

Et, d'un dernier effort, il saisit les allumettes
sur sa table de nuit et alluma sa bougie.

Il était couvert de sang. Des jets brûlants
avaient éclaboussé le mur. Les draps, les rideaux,
tout était rouge. Denis, sanglant aussi des pieds à
la tête, se tenait debout au milieu de la chambre.

Quand il vit cela, M. Marambot se crut mort,
et il perdit connaissance.

Il se ranima au point du jour. Il fut quelque
temps avant de reprendre ses sens, de comprendre, de se rappeler. Mais soudain le souvenir
de l'attentat et de ses blessures lui revint, et une
peur si véhémente l'envahit, qu'il ferma les yeux

pour ne rien voir. Au bout de quelques minutes son épouvante se calma, et il réfléchit. Il n'était pas mort sur le coup, il pouvait donc en revenir. Il se sentait faible, très faible, mais sans souffrance vive, bien qu'il éprouvât en divers points du corps une gêne sensible, comme des pinçures. Il se sentait aussi glacé, et tout mouillé, et serré, comme roulé, dans des bandelettes. Il pensa que cette humidité venait du sang répandu; et des frissons d'angoisse le secouaient à la pensée affreuse de ce liquide rougi sorti de ses veines et dont son lit était couvert. L'idée de revoir ce spectacle épouvantable le bouleversait et il tenait ses yeux fermés avec force comme s'ils allaient s'ouvrir malgré lui.

Qu'était devenu Denis? Il s'était sauvé, probablement.

Mais qu'allait-il faire, maintenant, lui, Marambot? Se lever? appeler au secours? Or, s'il faisait un seul mouvement, ses blessures se rouvriraient sans aucun doute; et il tomberait mort au bout de son sang.

Tout à coup, il entendit pousser la porte de sa chambre. Son cœur cessa presque de battre. C'était Denis qui venait l'achever, certainement. Il retint sa respiration pour que l'assassin crût tout bien fini, l'ouvrage terminé.

Il sentit qu'on relevait son drap, puis qu'on lui palpait le ventre. Une douleur vive, près de la hanche, le fit tressaillir. On le lavait maintenant avec de l'eau fraîche, tout doucement. Donc, on avait découvert le forfait et on le soignait, on le sauvait. Une joie éperdue le saisit; mais, par un geste de prudence, il ne voulut pas montrer qu'il avait repris connaissance, et il entrouvrit un œil, un seul, avec les plus grandes précautions.

Il reconnut Denis debout près de lui, Denis en personne! Miséricorde! Il referma son œil avec précipitation.

Denis! Que faisait-il alors? Que voulait-il? Quel projet affreux nourrissait-il encore?

Ce qu'il faisait? Mais il le lavait pour effacer les traces! Et il allait l'enfouir maintenant dans le jardin, à dix pieds sous terre, pour qu'on ne le découvrît pas? Ou peut-être dans la cave, sous les bouteilles de vin fin?

Et M. Marambot se mit à trembler si fort que tous ses membres palpitaient.

Il se disait : « Je suis perdu, perdu! » Et il serrait désespérément les paupières pour ne pas voir arriver le dernier coup de couteau. Il ne le reçut pas. Denis, maintenant, le soulevait et le ligaturait dans un linge. Puis il se mit à panser la plaie de la jambe avec soin, comme il avait appris à le faire quand son maître était pharmacien.

Aucune hésitation n'était plus possible pour un homme du métier : son domestique, après avoir voulu le tuer, essayait de le sauver.

Alors M. Marambot, d'une voix mourante, lui donna ce conseil pratique :

« Opère les lavages et les pansements avec de l'eau coupée de coaltar saponiné [14]! »

Denis répondit :

« C'est ce que je fais, Monsieur. »

M. Marambot ouvrit les deux yeux.

Il n'y avait plus de trace de sang ni sur le lit,

ni dans la chambre, ni sur l'assassin. Le blessé
était étendu en des draps bien blancs.

Les deux hommes se regardèrent.

Enfin, M. Marambot prononça avec douceur :

« Tu as commis un grand crime. »

Denis répondit :

« Je suis en train de le réparer, Monsieur. Si
vous ne me dénoncez pas, je vous servirai
fidèlement comme par le passé. »

Ce n'était pas le moment de mécontenter son
domestique. M. Marambot articula en refermant
les yeux :

« Je te jure de ne pas te dénoncer. »

II

Denis sauva son maître. Il passa les nuits et les
jours sans sommeil, ne quitta point la chambre
du malade, lui prépara les drogues, les tisanes, les
potions, lui tâtant le pouls, comptant anxieuse-
ment les pulsations, le maniant avec une habileté
de garde-malade et un dévouement de fils.

A tout moment il demandait :

« Eh bien, Monsieur, comment vous trouvez-
vous? »

M. Marambot répondait d'une voix faible :

« Un peu mieux, mon garçon, je te remercie. »

Et quand le blessé s'éveillait, la nuit, il voyait
souvent son gardien qui pleurait dans son fauteuil et s'essuyait les yeux en silence.

Jamais l'ancien pharmacien n'avait été si bien

soigné, si dorloté, si câliné. Il s'était dit tout
d'abord :

« Dès que je serai guéri, je me débarrasserai de
ce garnement. »

Il entrait maintenant en convalescence et
remettait de jour en jour le moment de se séparer
de son meurtrier. Il songeait que personne
n'aurait pour lui autant d'égards et d'attentions,
qu'il tenait ce garçon par la peur; et il le prévint
qu'il avait déposé chez un notaire un testament
le dénonçant à la justice s'il arrivait quelque
accident nouveau.

Cette précaution lui paraissait le garantir dans
l'avenir de tout nouvel attentat; et il se demandait alors s'il ne serait même pas plus prudent de
conserver près de lui cet homme, pour le surveil-
ler attentivement.

Comme autrefois, quand il hésitait à acquérir
quelque pharmacie plus importante, il ne se pouvait décider à prendre une résolution.

« Il sera toujours temps », se disait-il.

Denis continuait à se montrer un incomparable
serviteur. M. Marambot était guéri. Il le garda.

Or, un matin, comme il achevait de déjeuner, il
entendit tout à coup un grand bruit dans la
cuisine. Il y courut. Denis se débattait, saisi par
deux gendarmes. Le brigadier prenait gravement
des notes sur son carnet.

Dès qu'il aperçut son maître, le domestique se
mit à sangloter, criant :

« Vous m'avez dénoncé, Monsieur; ce n'est pas
bien, après ce que vous m'aviez promis. Vous
manquez à votre parole d'honneur, monsieur

Marambot; ce n'est pas bien, ce n'est pas bien!... »

M. Marambot, stupéfait et désolé d'être soupçonné, leva la main :

« Je te jure devant Dieu, mon garçon, que je ne t'ai pas dénoncé. J'ignore absolument comment messieurs les gendarmes ont pu connaître la tentative d'assassinat sur moi. »

Le brigadier eut un sursaut :

« Vous dites qu'il a voulu vous tuer, monsieur Marambot? »

Le pharmacien, éperdu, répondit :

« Mais, oui... Mais je ne l'ai pas dénoncé... Je n'ai rien dit... Je jure que je n'ai rien dit... Il me servait très bien depuis ce moment-là... »

Le brigadier articula sévèrement :

« Je prends note de votre déposition. La justice appréciera ce nouveau motif dont elle ignorait, monsieur Marambot. Je suis chargé d'arrêter votre domestique pour vol de deux canards enlevés subrepticement par lui chez M. Duhamel, pour lesquels il y a des témoins du délit. Je vous demande pardon, monsieur Marambot. Je rendrai compte de votre déclaration. »

Et, se tournant vers ses hommes, il commanda :

« Allons, en route! »

Les deux gendarmes entraînèrent Denis.

III

L'avocat venait de plaider la folie, appuyant les deux délits l'un sur l'autre pour fortifier son argumentation. Il avait clairement prouvé que le vol des deux canards provenait du même état mental que les huit coups de couteau dans la personne de Marambot. Il avait finement analysé toutes les phases de cet état passager d'aliénation mentale, qui céderait, sans aucun doute, à un traitement de quelques mois dans une excellente maison de santé. Il avait parlé en termes enthousiastes du dévouement continu de cet honnête serviteur, des soins incomparables dont il avait entouré son maître blessé par lui dans une seconde d'égarement.

Touché jusqu'au cœur par ce souvenir, M. Marambot se sentit les yeux humides.

L'avocat s'en aperçut, ouvrit les bras d'un geste large, déployant ses longues manches noires comme des ailes de chauve-souris. Et, d'un ton vibrant, il cria :

« Regardez, regardez, regardez, messieurs les jurés, regardez ces larmes. Qu'ai-je à dire maintenant pour mon client? Quel discours, quel argument, quel raisonnement vaudraient ces larmes de son maître! Elles parlent plus haut que moi, plus haut que la loi; elles crient : " Pardon pour l'insensé d'une heure! " Elles implorent, elles absolvent, elles bénissent! »

Il se tut, et s'assit.

Le président, alors se tournant vers Marambot, dont la déposition avait été excellente pour son domestique, lui demanda :

« Mais enfin, monsieur, en admettant même que vous ayez considéré cet homme comme dément, cela n'explique pas que vous l'ayez gardé. Il n'en était pas moins dangereux. »

Marambot répondit en s'essuyant les yeux :

« Que voulez-vous, monsieur le président, on a tant de mal à trouver des domestiques par le temps qui court... je n'aurais pas rencontré mieux. »

Denis fut acquitté et mis, aux frais de son maître, dans un asile d'aliénés.

L'ANE [15]

A Louis Le Poillevin [16].

Aucun souffle d'air ne passait dans la brume épaisse endormie sur le fleuve. C'était comme un nuage de coton terne posé sur l'eau. Les berges elles-mêmes restaient indistinctes, disparues sous de bizarres vapeurs festonnées comme des montagnes. Mais le jour étant près d'éclore, le coteau commençait à devenir visible. A son pied, dans les lueurs naissantes de l'aurore, apparaissaient peu à peu les grandes taches blanches des maisons cuirassées de plâtre. Des coqs chantaient dans les poulaillers.

Là-bas, de l'autre côté de la rivière, ensevelie sous le brouillard, juste en face de la Frette [17], un bruit léger troublait par moments le grand silence du ciel sans brise. C'était tantôt un vague clapotis, comme la marche prudente d'une barque, tantôt un coup sec, comme un choc d'aviron sur un bordage, tantôt comme la chute d'un objet mou dans l'eau. Puis, plus rien.

Et parfois des paroles basses, venues on ne sait d'où, peut-être de très loin, peut-être de très près, errantes dans ces brumes opaques, nées sur la terre ou sur le fleuve, glissaient, timides aussi, passaient, comme ces oiseaux sauvages qui ont dormi dans les joncs et qui partent aux premières pâleurs du ciel, pour fuir encore, pour fuir toujours, et qu'on aperçoit une seconde traversant la brume à tire-d'aile en poussant un cri doux et craintif qui réveille leurs frères le long des berges.

Soudain, près de la rive, contre le village, une ombre apparut sur l'eau, à peine indiquée d'abord; puis elle grandit, s'accentua, et, sortant du rideau nébuleux jeté sur la rivière, un bateau plat, monté par deux hommes, vint s'échouer contre l'herbe.

Celui qui ramait se leva et prit au fond de l'embarcation un seau plein de poissons; puis il jeta sur son épaule l'épervier encore ruisselant. Son compagnon, qui n'avait pas remué, prononça :

« Apporte ton fusil, nous allons dégoter quéque lapin dans les berges, hein, Mailloche? »

L'autre répondit :

« Ça me va. Attends-moi, je te rejoins. »

Et il s'éloigna pour mettre à l'abri leur pêche.

L'homme resté dans la barque bourra lentement sa pipe et l'alluma.

Il s'appelait Labouise dit Chicot, et était associé avec son compère Maillochon, vulgairement appelé Mailloche, pour exercer la profession louche et vague de ravageurs [18].

Mariniers de bas étage, ils ne naviguaient régulièrement que dans les mois de famine. Le reste du temps ils ravageaient. Rôdant jour et nuit sur le fleuve, guettant toute proie morte ou vivante, braconniers d'eau, chasseurs nocturnes, sortes d'écumeurs d'égouts, tantôt à l'affût des chevreuils de la forêt de Saint-Germain, tantôt à la recherche des noyés filant entre deux eaux et dont ils soulageaient les poches, ramasseurs de loques flottantes, de bouteilles vides qui vont au courant la gueule en l'air avec un balancement d'ivrognes, de morceaux de bois partis à la dérive, Labouise et Maillochon se la coulaient douce.

Par moments, ils partaient à pied, vers midi, et s'en allaient en flânant devant eux. Ils dînaient dans quelque auberge de la rive et repartaient encore côte à côte. Ils demeuraient absents un jour ou deux; puis un matin on les revoyait rôdant dans l'ordure qui leur servait de bateau.

Là-bas, à Joinville, à Nogent, des canotiers désolés cherchaient leur embarcation disparue une nuit, détachée et partie, volée sans doute; tandis qu'à vingt ou trente lieues de là, sur l'Oise, un bourgeois propriétaire se frottait les mains en admirant le canot acheté d'occasion, la veille, pour cinquante francs, à deux hommes qui le lui avaient vendu, comme ça, en passant, le lui ayant offert spontanément sur la mine.

Maillochon reparut avec son fusil enveloppé dans une loque. C'était un homme de quarante ou cinquante ans, grand, maigre, avec cet œil vif qu'ont les gens tracassés par des inquiétudes

légitimes, et les bêtes souvent traquées. Sa
chemise ouverte laissait voir sa poitrine velue
d'une toison grise. Mais il semblait n'avoir jamais
eu d'autre barbe qu'une brosse de courtes moustaches et une pincée de poils raides sous la lèvre
inférieure. Il était chauve des tempes.

Quand il enlevait la galette de crasse qui lui
servait de casquette, la peau de sa tête semblait
couverte d'un duvet vaporeux, d'une ombre de
cheveux, comme le corps d'un poulet plumé
qu'on va flamber.

Chicot, au contraire, rouge et bourgeonneux,
gros, court et poilu, avait l'air d'un bifteck cru
caché dans un bonnet de sapeur. Il tenait sans
cesse fermé l'œil gauche comme s'il visait quelque
chose ou quelqu'un, et quand on le plaisantait
sur ce tic, en lui criant : « Ouvre l'œil, Labouise »,
il répondait d'un ton tranquille : « Aie pas peur,
ma sœur, je l'ouvre à l'occase. » Il avait d'ailleurs
cette habitude d'appeler tout le monde « ma
sœur », même son compagnon ravageur.

Il reprit à son tour les avirons; et la barque de
nouveau s'enfonça dans la brume immobile sur le
fleuve, mais qui devenait blanche comme du lait
dans le ciel éclairé de lueurs roses.

Labouise demanda :

« Qué plomb qu' t'as pris, Maillochon? »

Maillochon répondit :

« Du tout p'tit, du neuf, c'est c' qui faut pour
le lapin. »

Ils approchaient de l'autre berge si lentement,
si doucement, qu'aucun bruit ne les révélait.
Cette berge appartient à la forêt de Saint-

Germain et limite les tirés aux lapins. Elle est couverte de terriers cachés sous les racines d'arbres; et les bêtes, à l'aurore, gambadent là-dedans, vont, viennent, entrent et sortent.

Maillochon, à genoux à l'avant, guettait, le fusil caché sur le plancher de la barque. Soudain il le saisit, visa, et la détonation roula longtemps par la calme campagne.

Labouise, en deux coups de rame, toucha la berge, et son compagnon, sautant à terre, ramassa un petit lapin gris, tout palpitant encore.

Puis le bateau s'enfonça de nouveau dans le brouillard pour regagner l'autre rive et se remettre à l'abri des gardes.

Les deux hommes semblaient maintenant se promener doucement sur l'eau. L'arme avait disparu sous la planche qui servait de cachette, et le lapin dans la chemise bouffante de Chicot.

Au bout d'un quart d'heure, Labouise demanda :

« Allons, ma sœur, encore un. »

Maillochon répondit :

« Ça me va, en route. »

Et la barque repartit, descendant vivement le courant. Les brumes qui couvraient le fleuve commençaient à se lever. On apercevait, comme à travers un voile, les arbres des rives; et le brouillard déchiré s'en allait au fil de l'eau, par petits nuages.

Quand ils approchèrent de l'île dont la pointe est devant Herblay, les deux hommes ralentirent leur marche et recommencèrent à guetter. Puis bientôt un second lapin fut tué.

Ils continuèrent ensuite à descendre jusqu'à mi-route de Conflans; puis ils s'arrêtèrent, amarrèrent leur bateau contre un arbre, et, se couchant au fond, s'endormirent.

De temps en temps, Labouise se soulevait et, de son œil ouvert, parcourait l'horizon. Les dernières vapeurs du matin s'étaient évaporées et le grand soleil d'été montait, rayonnant, dans le ciel bleu.

Là-bas, de l'autre côté de la rivière, le coteau planté de vignes s'arrondissait en demi-cercle. Une seule maison se dressait au faîte, dans un bouquet d'arbres. Tout était silencieux.

Mais sur le chemin de halage quelque chose remuait doucement, avançant à peine. C'était une femme traînant un âne. La bête, ankylosée, raide et rétive, allongeait une jambe de temps en temps, cédant aux efforts de sa compagne quand elle ne pouvait plus s'y refuser; et elle allait ainsi le cou tendu, les oreilles couchées, si lentement qu'on ne pouvait prévoir quand elle serait hors de vue.

La femme tirait, courbée en deux, et se retournait parfois pour frapper l'âne avec une branche.

Labouise, l'ayant aperçue, prononça :

« Ohé! Mailloche? »

Mailloche répondit :

« Qué qu'y a?

— Veux-tu rigoler?

— Tout de même.

— Allons, secoue-toi, ma sœur, j'allons rire. »

Et Chicot prit les avirons.

Quand il eut traversé le fleuve et qu'il fut en face du groupe, il cria :

« Ohé, ma sœur! »

La femme cessa de traîner sa bourrique et regarda. Labouise reprit :

« Vas-tu à la foire aux locomotives? »

La femme ne répondit rien. Chicot continua :

« Ohé! dis, il a été primé à la course, ton bourri. Oùsque tu l' conduis, de c'te vitesse? »

La femme, enfin, répondit :

« Je vais chez Macquart, aux Champioux [19], pour l' faire abattre. Il ne vaut pus rien. »

Labouise répondit :

« J' te crois. Et combien qu'y t'en donnera Macquart? »

La femme, qui s'essuyait le front du revers de la main, hésita :

« J' sais ti? P't-être trois francs, p't-être quatre? »

Chicot s'écria :

« J' t'en donne cent sous, et v'là ta course faite, c'est pas peu. »

La femme, après une courte réflexion, prononça :

« C'est dit. »

Et les ravageurs abordèrent.

Labouise saisit la bride de l'animal. Maillochon, surpris, demanda :

« Qué que tu veux faire de c'te peau? »

Chicot, cette fois, ouvrit son autre œil pour

exprimer sa gaieté. Toute sa figure rouge grima-
çait de joie; il gloussa :

« Aie pas peur, ma sœur, j'ai mon truc. »

Il donna cent sous à la femme, qui s'assit sur le
fossé pour voir ce qui allait arriver.

Alors Labouise, en belle humeur, alla chercher
le fusil, et le tendant à Maillochon.

« Chacun son coup, ma vieille; nous allons
chasser le gros gibier, ma sœur, pas si près que
ça, nom d'un nom, tu vas l' tuer du premier.
Faut faire durer l' plaisir un peu. »

Et il plaça son compagnon à quarante pas de la
victime. L'âne, se sentant libre, essayait de
brouter l'herbe haute de la berge, mais il était
tellement exténué qu'il vacillait sur ses jambes
comme s'il allait tomber.

Maillochon l'ajusta lentement et dit :

« Un coup de sel aux oreilles, attention,
Chicot. »

Et il tira.

Le plomb menu cribla les longues oreilles de
l'âne, qui se mit à les secouer vivement, les
agitant tantôt l'une après l'autre, tantôt
ensemble, pour se débarrasser de ce picotement.

Les deux hommes riaient à se tordre, courbés,
tapant du pied. Mais la femme indignée s'élança,
ne voulant pas qu'on martyrisât son bourri,
offrant de rendre les cent sous, furieuse et
geignante.

Labouise la menaça d'une tripotée et fit mine
de relever ses manches. Il avait payé, n'est-ce
pas? Alors zut. Il allait lui en tirer un dans les
jupes, pour lui montrer qu'on ne sentait rien.

Et elle s'en alla en les menaçant des gendarmes. Longtemps ils l'entendirent qui criait des
injures plus violentes à mesure qu'elle s'éloignait.

Maillochon tendit le fusil à son camarade.

« A toi, Chicot. »

Labouise ajusta et fit feu. L'âne reçut la
charge dans les cuisses, mais le plomb était si
petit et tiré de si loin qu'il se crut sans doute
piqué des taons. Car il se mit à s'émoucher de sa
queue avec force, se battant les jambes et le dos.

Labouise s'assit pour rire à son aise, tandis que
Maillochon rechargeait l'arme, si joyeux qu'il
semblait éternuer dans le canon.

Il s'approcha de quelques pas et, visant le
même endroit que son camarade, il tira de
nouveau. La bête, cette fois, fit un soubresaut,
essaya de ruer, tourna la tête. Un peu de sang
coulait enfin. Elle avait été touchée profondé-
ment, et une souffrance aiguë se déclara, car elle
se mit à fuir sur la berge, d'un galop lent, boiteux
et saccadé.

Les deux hommes s'élancèrent à sa poursuite,
Maillochon à grandes enjambées, Labouise à pas
pressés, courant d'un trot essoufflé de petit
homme.

Mais l'âne, à bout de force, s'était arrêté, et il
regardait, d'un œil éperdu, venir ses meurtriers.
Puis, tout à coup, il tendit la tête et se mit à
braire.

Labouise, haletant, avait pris le fusil. Cette
fois, il s'approcha tout près, n'ayant pas envie de
recommencer la course.

Quand le baudet eut fini de pousser sa plainte

lamentable, comme un appel de secours, un dernier cri d'impuissance, l'homme, qui avait son idée, cria : « Mailloche, ohé! ma sœur, amène-toi, je vas lui faire prendre médecine. » Et, tandis que l'autre ouvrait de force la bouche serrée de l'animal, Chicot lui introduisait au fond du gosier le canon de son fusil, comme s'il eût voulu lui faire boire un médicament; puis il dit :

« Ohé! ma sœur, attention, je verse la purge. »

Et il appuya sur la gâchette. L'âne recula de trois pas, tomba sur le derrière, tenta de se relever et s'abattit à la fin sur le flanc en fermant les yeux. Tout son vieux corps pelé palpitait; ses jambes s'agitaient comme s'il eût voulu courir. Un flot de sang lui coulait entre les dents. Bientôt il ne remua plus. Il était mort [20].

Les deux hommes ne riaient pas, ça avait été fini trop vite, ils étaient volés.

Maillochon demanda :

« Eh bien, qué que j'en faisons à c't'heure? »

Labouise répondit :

« Aie pas peur, ma sœur, embarquons-le, j'allons rigoler à la nuit tombée. »

Et ils allèrent chercher la barque. Le cadavre de l'animal fut couché dans le fond, couvert d'herbes fraîches, et les deux rôdeurs, s'étendant dessus, se rendormirent.

Vers midi, Labouise tira des coffres secrets de leur bateau vermoulu et boueux un litre de vin, un pain, du beurre et des oignons crus, et ils se mirent à manger.

Quand leur repas fut terminé, ils se couchèrent

de nouveau sur l'âne mort et recommencèrent à dormir. A la nuit tombante, Labouise se réveilla et, secouant son camarade, qui ronflait comme un orgue, il commanda :

« Allons, ma sœur, en route. »

Et Maillochon se mit à ramer. Ils remontaient la Seine tout doucement, ayant du temps devant eux. Ils longeaient les berges couvertes de lis d'eau fleuris, parfumées par les aubépines penchant sur le courant leurs touffes blanches; et la lourde barque, couleur de vase, glissait sur les grandes feuilles plates des nénuphars, dont elle courbait les fleurs pâles, rondes et fendues comme des grelots, qui se redressaient ensuite.

Lorsqu'ils furent au mur de l'Éperon, qui sépare la forêt de Saint-Germain du parc de Maisons-Laffitte, Labouise arrêta son camarade et lui exposa son projet, qui agita Maillochon d'un rire silencieux et prolongé.

Ils jetèrent à l'eau les herbes étendues sur le cadavre, prirent la bête par les pieds, la débarquèrent et s'en furent la cacher dans un fourré.

Puis ils remontèrent dans leur barque et gagnèrent Maisons-Laffitte.

La nuit était tout à fait noire quand ils entrèrent chez le père Jules, traiteur et marchand de vins. Dès qu'il les aperçut, le commerçant s'approcha, leur serra les mains et prit place à leur table, puis on causa de choses et d'autres.

Vers onze heures, le dernier consommateur étant parti, le père Jules, clignant de l'œil, dit à Labouise :

« Hein, y en a-t-il? »

Labouise fit un mouvement de tête et prononça :

« Y en a et y en a pas, c'est possible. »

Le restaurateur insistait :

« Des gris, rien que des gris, peut-être? »

Alors, Chicot, plongeant la main dans sa chemise de laine, tira les oreilles d'un lapin et déclara :

« Ça vaut trois francs la paire. »

Alors, une longue discussion commença sur le prix. On convint de deux francs soixante-cinq. Et les deux lapins furent livrés.

Comme les maraudeurs se levaient, le père Jules qui les guettait, prononça :

« Vous avez autre chose, mais vous ne voulez pas le dire. »

Labouise riposta :

« C'est possible, mais pas pour toi, t'es trop chien. »

L'homme, allumé, le pressait.

« Hein, du gros, allons, dis quoi, on pourra s'entendre. »

Labouise, qui semblait perplexe, fit mine de consulter Maillochon de l'œil, puis il répondit d'une voix lente :

« V'là l'affaire. J'étions embusqué à l'Éperon quand quéque chose nous passe dans le premier buisson à gauche, au bout du mur.

« Mailloche y lâche un coup, ça tombe. Et je filons, vu les gardes. Je peux pas te dire ce que c'est, vu que je l'ignore. Pour gros, c'est gros. Mais quoi? si je te le disais, je te tromperais, et tu sais, ma sœur, entre nous, cœur sur la main. »

L'homme, palpitant, demanda :

« C'est-i pas un chevreuil? »

Labouise reprit :

« Ça s'peut bien, ça ou autre chose? Un chevreuil?... Oui... C'est p't-être pus gros? Comme qui dirait une biche. Oh! j' te dis pas qu' c'est une biche, vu que j' l'ignore, mais ça s' peut! »

Le gargotier insistait :

« P't-être un cerf? »

Labouise étendit la main :

« Ça non! Pour un cerf, c'est pas un cerf, j' te trompe pas, c'est pas un cerf. J' l'aurais vu, attendu les bois. Non, pour un cerf, c'est pas un cerf.

— Pourquoi que vous l'avez pas pris? demanda l'homme.

— Pourquoi, ma sœur, parce que je vendons sur place, désormais. J'ai preneur. Tu comprends, on va flâner par là, on trouve la chose, on s'en empare. Pas de risques pour Bibi. Voilà. »

Le fricotier, soupçonneux, prononça :

« S'il n'y était pu, maintenant. »

Mais Labouise leva de nouveau la main :

« Pour y être, il y est, je te l' promets, je te l' jure. Dans le premier buisson à gauche. Pour ce que c'est, je l'ignore. J' sais que c'est pas un cerf, ça, non, j'en suis sûr. Pour le reste, à toi d'y aller voir. C'est vingt francs sur place, ça te va-t-il? »

L'homme hésitait encore :

« Tu ne pourrais pas me l'apporter? »

Maillochon prit la parole :

« Alors pus de jeu. Si c'est un chevreuil,

cinquante francs; si c'est une biche, soixante-dix;
voilà nos prix. »

Le gargotier se décida :

« Ça va pour vingt francs. C'est dit. » Et on se
tapa dans la main.

Puis il sortit de son comptoir quatre grosses
pièces de cent sous que les deux amis empo-
chèrent.

Labouise se leva, vida son verre et sortit; au
moment d'entrer dans l'ombre, il se retourna
pour spécifier :

« C'est pas un cerf, pour sûr. Mais, quoi?...
Pour y être, il y est. Je te rendrai l'argent si tu ne
trouves rien. »

Et il s'enfonça dans la nuit.

Maillochon, qui le suivait, lui tapait dans le dos
de grands coups de poing pour témoigner son
allégresse.

IDYLLE[21]

A Maurice Leloir [22].

Le train venait de quitter Gênes, allant vers
Marseille et suivant les longues ondulations de la
côte rocheuse, glissant comme un serpent de fer
entre la mer et la montagne, rampant sur les
plages de sable jaune que les petites vagues
bordaient d'un filet d'argent, et entrant brusquement dans la gueule noire des tunnels ainsi
qu'une bête en son trou.

Dans le dernier wagon du train, une grosse
femme et un jeune homme demeuraient face à
face, sans parler, et se regardant par moments.
Elle avait peut-être vingt-cinq ans; et, assise près
de la portière, elle contemplait le paysage. C'était
une forte paysanne piémontaise, aux yeux noirs,
à la poitrine volumineuse, aux joues charnues.
Elle avait poussé plusieurs paquets sous la
banquette de bois, gardant sur ses genoux un
panier.

Lui, il avait environ vingt ans; il était maigre,

hâlé, avec ce teint noir des hommes qui tra-
vaillent la terre au grand soleil. Près de lui, dans
un mouchoir, toute sa fortune : une paire de
souliers, une chemise, une culotte et une veste.
Sous le banc il avait aussi caché quelque chose :
une pelle et une pioche attachées ensemble au
moyen d'une corde. Il allait chercher du travail
en France.

Le soleil, montant au ciel, versait sur la côte
une pluie de feu; c'était vers la fin de mai, et des
odeurs délicieuses voltigeaient, pénétraient dans
les wagons dont les vitres demeuraient baissées.
Les orangers et les citronniers en fleur, exhalant
dans le ciel tranquille leurs parfums sucrés, si
doux, si forts, si troublants, les mêlaient au
souffle des roses poussées partout comme des
herbes, le long de la voie, dans les riches jardins,
devant les portes des masures et dans la campagne aussi.

Elles sont chez elles, sur cette côte, les roses!
Elles emplissent le pays de leur arôme puissant et
léger, elles font de l'air une friandise, quelque
chose de plus savoureux que le vin et d'enivrant
comme lui.

Le train allait lentement, comme pour s'attar-
der dans ce jardin, dans cette mollesse. Il
s'arrêtait à tout moment, aux petites gares,
devant quelques maisons blanches, puis repartait
de son allure calme, après avoir longtemps sifflé.
Personne ne montait dedans. On eût dit que le
monde entier somnolait, ne pouvait se décider à
changer de place par cette chaude matinée de
printemps.

La grosse femme, de temps en temps, fermait les yeux, puis les rouvrait brusquement, alors que son panier glissait sur ses genoux, prêt à tomber. Elle le rattrapait d'un geste vif, regardait dehors quelques minutes, puis s'assoupissait de nouveau. Des gouttes de sueur perlaient sur son front, et elle respirait avec peine, comme si elle eût souffert d'une oppression pénible.

Le jeune homme avait incliné sa tête et dormait du fort sommeil des rustres.

Tout à coup, au sortir d'une petite gare, la paysanne parut se réveiller, et, ouvrant son panier, elle en tira un morceau de pain, des œufs durs, une fiole de vin et des prunes, de belles prunes rouges; et elle se mit à manger.

L'homme s'était à son tour brusquement réveillé et il la regardait, il regardait chaque bouchée aller des genoux à la bouche. Il demeurait les bras croisés, les yeux fixes, les joues creuses, les lèvres closes.

Elle mangeait en grosse femme goulue, buvant à tout instant une gorgée de vin pour faire passer les œufs, et elle s'arrêtait pour souffler un peu.

Elle fit tout disparaître, le pain, les œufs, les prunes, le vin. Et dès qu'elle eut achevé son repas, le garçon referma les yeux. Alors, se sentant un peu gênée, elle desserra son corsage, et l'homme soudain regarda de nouveau.

Elle ne s'en inquiéta pas, continuant à déboutonner sa robe, et la forte pression de ses seins écartait l'étoffe, montrant, entre les deux, par la fente qui grandissait, un peu de linge blanc et un peu de peau.

La paysanne, quand elle se trouva plus à son aise, prononça en italien : « Il fait si chaud qu'on ne respire plus. »

Le jeune homme répondit dans la même langue et avec la même prononciation : « C'est un beau temps pour voyager. »

Elle demanda : « Vous êtes du Piémont?

— Je suis d'Asti.

— Moi de Casale. »

Ils étaient voisins. Ils se mirent à causer.

Ils dirent les longues choses banales que répètent sans cesse les gens du peuple et qui suffisent à leur esprit lent et sans horizon. Ils parlèrent du pays. Ils avaient des connaissances communes. Ils citèrent des noms, devenant amis à mesure qu'ils découvraient une nouvelle personne qu'ils avaient vue tous les deux. Les mots rapides, pressés, sortaient de leurs bouches avec leurs terminaisons sonores et leur chanson italienne. Puis ils s'informèrent d'eux-mêmes.

Elle était mariée; elle avait déjà trois enfants laissés en garde à sa sœur, car elle avait trouvé une place de nourrice, une bonne place chez une dame française, à Marseille.

Lui, il cherchait du travail. On lui avait dit qu'il en trouverait aussi par là, car on bâtissait beaucoup.

Puis ils se turent.

La chaleur devenait terrible, tombant en pluie sur le toit des wagons. Un nuage de poussière voltigeait derrière le train, pénétrait dedans; et les parfums des orangers et des roses prenaient une saveur plus intense, semblaient s'épaissir, s'alourdir.

Les deux voyageurs s'endormirent de nouveau.

Ils rouvrirent les yeux presque en même temps. Le soleil s'abaissait vers la mer, illuminant sa nappe bleue d'une averse de clarté. L'air, plus frais, paraissait plus léger.

La nourrice haletait, le corsage ouvert, les joues molles, les yeux ternes; et elle dit, d'une voix accablée :

« Je n'ai pas donné le sein depuis hier; me voilà étourdie comme si j'allais m'évanouir. »

Il ne répondit pas, ne sachant que dire. Elle reprit : « Quand on a du lait comme moi, il faut donner le sein trois fois par jour, sans ça on se trouve gênée. C'est comme un poids que j'aurais sur le cœur; un poids qui m'empêche de respirer et qui me casse les membres. C'est malheureux d'avoir du lait tant que ça. »

Il prononça : « Oui. C'est malheureux. Ça doit vous tracasser. »

Elle semblait bien malade en effet, accablée et défaillante. Elle murmura : « Il suffit de presser dessus pour que le lait sorte comme d'une fontaine. C'est vraiment curieux à voir. On ne le croirait pas. A Casale, tous les voisins venaient me regarder. »

Il dit : « Ah! vraiment.

— Oui, vraiment. Je vous le montrerais bien, mais cela ne me servirait de rien. On n'en fait pas sortir assez de cette façon. »

Et elle se tut.

Le convoi s'arrêtait à une halte. Debout, près

d'une barrière, une femme tenait en ses bras un jeune enfant qui pleurait. Elle était maigre et déguenillée.

La nourrice la regardait. Elle dit d'un ton compatissant : « En voilà une encore que je pourrais soulager. Et le petit aussi pourrait me soulager. Tenez, je ne suis pas riche, puisque je quitte ma maison, et mes gens, et mon chéri dernier pour me mettre en place; mais je donnerais encore bien cinq francs pour avoir cet enfant-là dix minutes et lui donner le sein. Ça le calmerait et moi donc. Il me semble que je renaîtrais. »

Elle se tut encore. Puis elle passa plusieurs fois sa main brûlante sur son front où coulait la sueur. Et elle gémit : « Je ne peux plus tenir. Il me semble que je vais mourir. » Et, d'un geste inconscient, elle ouvrit tout à fait sa robe.

Le sein de droite apparut, énorme, tendu, avec sa fraise brune. Et la pauvre femme geignait : « Ah! mon Dieu! ah! mon Dieu! Qu'est-ce que je vais faire? »

Le train s'était remis en marche et continuait sa route au milieu des fleurs qui exhalaient leur haleine pénétrante des soirées tièdes. Quelquefois, un bateau de pêche semblait endormi sur la mer bleue, avec sa voile blanche immobile, qui se reflétait dans l'eau comme si une autre barque se fût trouvée la tête en bas.

Le jeune homme, troublé, balbutia : « Mais... madame... je pourrais vous... vous soulager. »

Elle répondit d'une voix brisée : « Oui, si vous

voulez. Vous me rendrez bien service. Je ne puis
plus tenir, je ne puis plus. »

Il se mit à genoux devant elle ; et elle se pencha
vers lui, portant vers sa bouche, dans un geste de
nourrice, le bout foncé de son sein. Dans le
mouvement qu'elle fit en le prenant de ses deux
mains pour le tendre vers cet homme, une goutte
de lait apparut au sommet. Il la but vivement,
saisissant comme un fruit cette lourde mamelle
entre ses lèvres. Et il se mit à téter d'une façon
goulue et régulière.

Il avait passé ses deux bras autour de la taille
de la femme, qu'il serrait pour l'approcher de lui ;
et il buvait à lentes gorgées avec un mouvement
de cou, pareil à celui des enfants.

Soudain elle dit : « En voilà assez pour celui-là,
prenez l'autre maintenant. »

Et il prit l'autre avec docilité.

Elle avait posé ses deux mains sur le dos du
jeune homme, et elle respirait maintenant avec
force, avec bonheur, savourant les haleines des
fleurs mêlées aux souffles d'air que le mouvement
du train jetait dans les wagons.

Elle dit : « Ça sent bien bon par ici. »

Il ne répondit pas, buvant toujours à cette
source de chair, et fermant les yeux comme pour
mieux goûter.

Mais elle l'écarta doucement :

« En voilà assez. Je me sens mieux. Ça m'a
remis l'âme dans le corps. »

Il s'était relevé, essuyant sa bouche d'un revers
de main.

Elle lui dit, en faisant rentrer dans sa robe les deux gourdes vivantes qui gonflaient sa poitrine :

« Vous m'avez rendu un fameux service. Je vous remercie bien, monsieur. »

Et il répondit d'un ton reconnaissant :

« C'est moi qui vous remercie, madame, voilà deux jours que je n'avais rien mangé ! »

LA FICELLE [23]

A Harry Alis [24].

Sur toutes les routes autour de Goderville [25], les paysans et leurs femmes s'en venaient vers le bourg; car c'était jour de marché. Les mâles allaient, à pas tranquilles, tout le corps en avant à chaque mouvement de leurs longues jambes torses, déformées par les rudes travaux, par la pesée sur la charrue qui fait en même temps monter l'épaule gauche et dévier la taille, par le fauchage des blés qui fait écarter les genoux pour prendre un aplomb solide, par toutes les besognes lentes et pénibles de la campagne. Leur blouse bleue, empesée, brillante, comme vernie, ornée au col et aux poignets d'un petit dessin de fil blanc, gonflée autour de leur torse osseux, semblait un ballon prêt à s'envoler, d'où sortaient une tête, deux bras et deux pieds.

Les uns tiraient au bout d'une corde une vache, un veau. Et leurs femmes, derrière l'animal, lui fouettaient les reins d'une branche

encore garnie de feuilles, pour hâter sa marche.
Elles portaient au bras de larges paniers d'où
sortaient des têtes de poulets par-ci, des têtes de
canards par-là. Et elles marchaient d'un pas plus
court et plus vif que leurs hommes, la taille
sèche, droite et drapée dans un petit châle
étriqué, épinglé sur leur poitrine plate, la tête
enveloppée d'un linge blanc collé sur les cheveux
et surmontée d'un bonnet.

Puis, un char à bancs passait, au trot saccadé
d'un bidet, secouant étrangement deux hommes
assis côte à côte et une femme dans le fond du
véhicule, dont elle tenait le bord pour atténuer
les durs cahots.

Sur la place de Goderville, c'était une foule,
une cohue d'humains et de bêtes mélangés. Les
cornes des bœufs, les hauts chapeaux à longs
poils des paysans riches et les coiffes des paysannes émergeaient à la surface de l'assemblée.
Et les voix criardes, aiguës, glapissantes for-
maient une clameur continue et sauvage que
dominait parfois un grand éclat poussé par la
robuste poitrine d'un campagnard en gaieté, ou le
long meuglement d'une vache attachée au mur
d'une maison.

Tout cela sentait l'étable, le lait et le fumier, le
foin et la sueur, dégageait cette saveur aigre,
affreuse, humaine et bestiale, particulière aux
gens des champs.

Maître Haucheorne, de Bréauté [26], venait
d'arriver à Goderville, et il se dirigeait vers la
place, quand il aperçut par terre un petit bout de
ficelle. Maître Haucheorne, économe en vrai

Normand, pensa que tout était bon à ramasser
qui peut servir; et il se baissa péniblement, car il
souffrait de rhumatismes. Il prit, par terre, le
morceau de corde mince, et il se disposait à le
rouler avec soin, quand il remarqua, sur le seuil
de sa porte, maître Malandain, le bourrelier, qui
le regardait. Ils avaient eu des affaires ensemble
au sujet d'un licol, autrefois, et ils étaient restés
fâchés, étant rancuniers tous deux. Maître Hauchecorne fut pris d'une sorte de honte d'être vu
ainsi, par son ennemi, cherchant dans la crotte
un bout de ficelle. Il cacha brusquement sa
trouvaille sous sa blouse, puis dans la poche de sa
culotte; puis il fit semblant de chercher encore
par terre quelque chose qu'il ne trouvait point, et
il s'en alla vers le marché, la tête en avant,
courbé en deux par ses douleurs.

Il se perdit aussitôt dans la foule criarde et
lente, agitée par les interminables marchandages.
Les paysans tâtaient les vaches, s'en allaient,
revenaient, perplexes, toujours dans la crainte
d'être mis dedans, n'osant jamais se décider,
épiant l'œil du vendeur, cherchant sans fin à
découvrir la ruse de l'homme et le défaut de la
bête.

Les femmes, ayant posé à leurs pieds leurs
grands paniers, en avaient tiré leurs volailles qui
gisaient par terre, liées par les pattes, l'œil effaré,
la crête écarlate.

Elles écoutaient les propositions, maintenaient
leurs prix, l'air sec, le visage impassible; ou bien
tout à coup, se décidant au rabais proposé,
criaient au client qui s'éloignait lentement :

« C'est dit, maît' Anthime. J'vous l'donne. »

Puis, peu à peu, la place se dépeupla, et l'angelus sonnant midi, ceux qui demeuraient trop loin se répandirent dans les auberges.

Chez Jourdain, la grande salle était pleine de mangeurs, comme la vaste cour était pleine de véhicules de toute race, charrettes, cabriolets, chars à bancs, tilburys, carrioles innommables, jaunes de crotte, déformées, rapiécées, levant au ciel, comme deux bras, leurs brancards, ou bien le nez par terre et le derrière en l'air.

Tout contre les dîneurs attablés, l'immense cheminée, pleine de flamme claire, jetait une chaleur vive dans le dos de la rangée de droite. Trois broches tournaient, chargées de poulets, de pigeons et de gigots; et une délectable odeur de viande rôtie et de jus ruisselant sur la peau rissolée, s'envolait de l'âtre, allumait les gaietés, mouillait les bouches.

Toute l'aristocratie de la charrue mangeait là, chez maît' Jourdain, aubergiste et maquignon, un malin qui avait des écus.

Les plats passaient, se vidaient comme les brocs de cidre jaune. Chacun racontait ses affaires, ses achats et ses ventes. On prenait des nouvelles des récoltes. Le temps était bon pour les verts, mais un peu mucre[27] pour les blés.

Tout à coup, le tambour roula, dans la cour, devant la maison. Tout le monde aussitôt fut debout, sauf quelques indifférents, et on courut à la porte, aux fenêtres, la bouche encore pleine et la serviette à la main.

Après qu'il eut terminé son roulement, le crieur public lança d'une voix saccadée, scandant ses phrases à contretemps :

« Il est fait assavoir aux habitants de Goderville, et en général à toutes — les personnes présentes au marché, qu'il a été perdu ce matin, sur la route de Beuzeville, entre — neuf heures et dix heures, un portefeuille en cuir noir, contenant cinq cents francs et des papiers d'affaires. On est prié de le rapporter — à la mairie, incontinent, ou chez maître Fortuné Houlbrèque, de Manneville. Il y aura vingt francs de récompense. »

Puis l'homme s'en alla. On entendit encore une fois au loin les battements sourds de l'instrument et la voix affaiblie du crieur.

Alors on se mit à parler de cet événement, en énumérant les chances qu'avait maître Houlbrèque de retrouver ou de ne pas retrouver son portefeuille.

Et le repas s'acheva.

On finissait le café, quand le brigadier de gendarmerie parut sur le seuil.

Il demanda :

« Maître Hauchecorne, de Bréauté, est-il ici? »

Maître Hauchecorne, assis à l'autre bout de la table, répondit :

« Me v'là. »

Et le brigadier reprit :

« Maître Hauchecorne, voulez-vous avoir la complaisance de m'accompagner à la mairie. M. le maire voudrait vous parler. »

Le paysan, surpris, inquiet, avala d'un coup son petit verre, se leva et, plus courbé encore que le matin, car les premiers pas après chaque repos étaient particulièrement difficiles, il se mit en route en répétant :

« Me v'là, me v'là. »

Et il suivit le brigadier.

Le maire l'attendait, assis dans un fauteuil. C'était le notaire de l'endroit, homme gros, grave, à phrases pompeuses.

« Maître Hauchecorne, dit-il, on vous a vu ce matin ramasser, sur la route de Beuzeville, le portefeuille perdu par maître Houlbrèque, de Manneville. »

Le campagnard, interdit, regardait le maire, apeuré déjà par ce soupçon qui pesait sur lui, sans qu'il comprît pourquoi.

« Mé, mé, j'ai ramassé çu portafeuille?

— Oui, vous-même.

— Parole d'honneur, je n'en ai seulement point eu connaissance.

— On vous a vu.

— On m'a vu, mé? Qui ça qui m'a vu?

— M. Malandain, le bourrelier. »

Alors le vieux se rappela, comprit et, rougissant de colère :

« Ah! i m'a vu, çu manant! I m'a vu ramasser c'te ficelle-là, tenez, m'sieu le Maire. »

Et, fouillant au fond de sa poche, il en retira le petit bout de corde.

Mais le maire, incrédule, remuait la tête.

« Vous ne me ferez pas accroire, maître Hauchecorne, que M. Malandain, qui est un homme digne de foi, a pris ce fil pour un portefeuille. »

Le paysan, furieux, leva la main, cracha de côté pour attester son honneur, répétant :

« C'est pourtant la vérité du bon Dieu, la sainte vérité, m'sieu le Maire. Là, sur mon âme et mon salut, je l'répète. »

Le maire reprit :

« Après avoir ramassé l'objet, vous avez même encore cherché longtemps dans la boue, si quelque pièce de monnaie ne s'en était pas échappée. »

Le bonhomme suffoquait d'indignation et de peur.

« Si on peut dire !... si on peut dire... des menteries comme ça pour dénaturer un honnête homme ! Si on peut dire !... »

Il eut beau protester, on ne le crut pas.

Il fut confronté avec M. Malandain, qui répéta et soutint son affirmation. Ils s'injurièrent une heure durant. On fouilla, sur sa demande, maître Hauchecorne. On ne trouva rien sur lui.

Enfin, le maire, fort perplexe, le renvoya, en le prévenant qu'il allait aviser le parquet et demander des ordres.

La nouvelle s'était répandue. A sa sortie de la mairie, le vieux fut entouré, interrogé avec une curiosité sérieuse ou goguenarde, mais où n'entrait aucune indignation. Et il se mit à raconter l'histoire de la ficelle. On ne le crut pas. On riait.

Il allait, arrêté par tous, arrêtant ses connaissances, recommençant sans fin son récit et ses

protestations, montrant ses poches retournées,
pour prouver qu'il n'avait rien.

On lui disait :

« Vieux malin, va ! »

Et il se fâchait, s'exaspérant, enfiévré, désolé
de n'être pas cru, ne sachant que faire, et contant
toujours son histoire.

La nuit vint. Il fallait partir. Il se mit en route
avec trois voisins à qui il montra la place où il
avait ramassé le bout de corde ; et tout le long du
chemin il parla de son aventure.

Le soir, il fit une tournée dans le village de
Bréauté, afin de la dire à tout le monde. Il ne
rencontra que des incrédules.

Il en fut malade toute la nuit.

Le lendemain, vers une heure de l'après-midi,
Marius Paumelle, valet de ferme de maître
Breton, cultivateur à Ymauville[28], rendait le
portefeuille et son contenu à maître Houlbrèque,
de Manneville.

Cet homme prétendait avoir, en effet, trouvé
l'objet sur la route ; mais, ne sachant pas lire, il
l'avait rapporté à la maison et donné à son
patron.

La nouvelle se répandit aux environs. Maître
Hauchecorne en fut informé. Il se mit aussitôt en
tournée et commença à narrer son histoire
complétée du dénouement. Il triomphait.

« C' qui m'faisait deuil, disait-il, c'est point
tant la chose, comprenez-vous ; mais c'est la
menterie. Y a rien qui vous nuit comme d'être en
réprobation pour une menterie. »

Tout le jour il parlait de son aventure, il la

contait sur les routes aux gens qui passaient, au
cabaret aux gens qui buvaient, à la sortie de
l'église le dimanche suivant. Il arrêtait des
inconnus pour la leur dire. Maintenant, il était
tranquille, et pourtant quelque chose le gênait
sans qu'il sût au juste ce que c'était. On avait
l'air de plaisanter en l'écoutant. On ne paraissait
pas convaincu. Il lui semblait sentir des propos
derrière son dos.

Le mardi de l'autre semaine, il se rendit au
marché de Goderville, uniquement poussé par le
besoin de conter son cas.

Malandain, debout sur sa porte, se mit à rire en
le voyant passer. Pourquoi?

Il aborda un fermier de Criquetot, qui ne le
laissa pas achever et, lui jetant une tape dans le
creux de son ventre, lui cria par la figure : « Gros
malin, va! » Puis lui tourna les talons.

Maître Hauchecorne demeura interdit et de
plus en plus inquiet. Pourquoi l'avait-on appelé
« gros malin »?

Quand il fut assis à table, dans l'auberge de
Jourdain, il se remit à expliquer l'affaire.

Un maquignon de Montivilliers lui cria :

« Allons, allons vieille pratique, je la connais,
ta ficelle! »

Hauchecorne balbutia :

« Puisqu'on l'a retrouvé, çu portafeuille! »

Mais l'autre reprit :

« Tais-té, mon pé, y en a un qui trouve, et y en
a un qui r'porte. Ni vu ni connu, je t'em-
brouille. »

Le paysan resta suffoqué. Il comprenait enfin.

On l'accusait d'avoir fait reporter le portefeuille par un compère, par un complice.

Il voulut protester. Toute la table se mit à rire.

Il ne put achever son dîner et s'en alla, au milieu des moqueries.

Il rentra chez lui, honteux et indigné, étranglé par la colère, par la confusion, d'autant plus atterré qu'il était capable, avec sa finauderie de Normand, de faire ce dont on l'accusait, et même de s'en vanter comme d'un bon tour. Son innocence lui apparaissait confusément comme impossible à prouver, sa malice étant connue. Et il se sentait frappé au cœur par l'injustice du soupçon.

Alors il recommença à conter l'aventure, en allongeant chaque jour son récit, ajoutant chaque fois des raisons nouvelles, des protestations plus énergiques, des serments plus solennels qu'il imaginait, qu'il préparait dans ses heures de solitude, l'esprit uniquement occupé de l'histoire de la ficelle. On le croyait d'autant moins que sa défense était plus compliquée et son argumentation plus subtile.

« Ça, c'est des raisons d'menteux », disait-on derrière son dos.

Il le sentait, se rongeait les sangs, s'épuisait en efforts inutiles.

Il dépérissait à vue d'œil.

Les plaisants maintenant lui faisaient conter « la Ficelle » pour s'amuser, comme on fait conter sa bataille au soldat qui a fait campagne. Son esprit, atteint à fond, s'affaiblissait.

Vers la fin de décembre, il s'alita.

Il mourut dans les premiers jours de janvier, et, dans le délire de l'agonie, il attestait son innocence, répétant :

« Une 'tite ficelle... une 'tite ficelle... t'nez, la voilà, m'sieu le maire. »

GARÇON, UN BOCK !... [29]

A José Maria de Heredia [30].

Pourquoi suis-je entré, ce soir-là, dans cette brasserie? Je n'en sais rien. Il faisait froid. Une fine pluie, une poussière d'eau voltigeait, voilait les becs de gaz d'une brume transparente, faisait luire les trottoirs que traversaient les lueurs des devantures, éclairant la boue humide et les pieds sales des passants.

Je n'allais nulle part. Je marchais un peu après dîner. Je passai le Crédit Lyonnais, la rue Vivienne, d'autres rues encore. J'aperçus soudain une grande brasserie à moitié pleine. J'entrai, sans aucune raison. Je n'avais pas soif.

D'un coup d'œil je cherchai une place où je ne serais point trop serré, et j'allai m'asseoir à côté d'un homme qui me parut vieux et qui fumait une pipe de deux sous, en terre, noire comme un charbon. Six ou huit soucoupes de verre, empilées sur la table devant lui, indiquaient le nombre de bocks qu'il avait absorbés déjà. Je n'examinai

pas mon voisin. D'un coup d'œil j'avais reconnu
un bockeur, un de ces habitués de brasserie qui
arrivent le matin, quand on ouvre, et s'en vont le
soir, quand on ferme. Il était sale, chauve du
milieu du crâne, tandis que de longs cheveux
gras, poivre et sel, tombaient sur le col de sa
redingote. Ses habits trop larges semblaient avoir
été faits au temps où il avait du ventre. On
devinait que le pantalon ne tenait guère et que
cet homme ne pouvait faire dix pas sans rajuster
et retenir ce vêtement mal attaché. Avait-il un
gilet? La seule pensée des bottines et de ce
qu'elles enfermaient me terrifia. Les manchettes
effiloquées étaient complètement noires du bord,
comme les ongles.

Dès que je fus assis à son côté, ce personnage
me dit d'une voix tranquille : « Tu vas bien? »

Je me tournai vers lui d'une secousse et je le
dévisageai. Il reprit : « Tu ne me reconnais pas?

— Non!

— Des Barrets. »

Je fus stupéfait. C'était le comte Jean des
Barrets, mon ancien camarade de collège.

Je lui serrai la main, tellement interdit que je
ne trouvai rien à dire.

Enfin, je balbutiai : « Et toi, tu vas bien? »

Il répondit placidement : « Moi, comme je
peux. »

Il se tut, je voulus être aimable, je cherchai
une phrase : « Et... qu'est-ce que tu fais? »

Il répliqua avec résignation : « Tu vois. »

Je me sentis rougir. J'insistai : « Mais tous les
jours? »

Il prononça, en soufflant d'épaisses bouffées de fumée : « Tous les jours c'est la même chose. »

Puis, tapant sur le marbre de la table avec un sou qui traînait, il s'écria : « Garçon, deux bocks! »

Une voix lointaine répéta : « Deux bocks au quatre! » Une autre voix plus éloignée encore lança un « Voilà! » suraigu. Puis un homme en tablier blanc apparut, portant les deux bocks dont il répandait, en courant, les gouttes jaunes sur le sol sablé.

Des Barrets vida d'un trait son verre et le reposa sur la table, pendant qu'il aspirait la mousse restée en ses moustaches.

Puis il demanda : « Et quoi de neuf? »

Je ne savais rien de neuf à lui dire, en vérité. Je balbutiai : « Mais rien, mon vieux. Moi je suis commerçant. »

Il prononça de sa voix toujours égale : « Et... ça t'amuse?

— Non, mais que veux-tu? Il faut bien faire quelque chose!

— Pourquoi ça?

— Mais... pour s'occuper.

— A quoi ça sert-il? Moi, je ne fais rien, comme tu vois, jamais rien. Quand on n'a pas le sou, je comprends qu'on travaille. Quand on a de quoi vivre, c'est inutile. A quoi bon travailler? Le fais-tu pour toi ou pour les autres? Si tu le fais pour toi, c'est que ça t'amuse, alors très bien; si tu le fais pour les autres, tu n'es qu'un niais. »

Puis, posant sa pipe sur le marbre, il cria de nouveau : « Garçon, un bock! » et reprit : « Ça me

donne soif, de parler. Je n'en ai pas l'habitude.
Oui, moi, je ne fais rien, je me laisse aller, je
vieillis. En mourant je ne regretterai rien. Je
n'aurai pas d'autre souvenir que cette brasserie.
Pas de femme, pas d'enfants, pas de soucis, pas
de chagrins, rien. Ça vaut mieux. »

Il vida le bock qu'on lui avait apporté, passa
sa langue sur ses lèvres et reprit sa pipe.

Je le considérais avec stupeur. Je lui demandai :

« Mais tu n'as pas toujours été ainsi?

— Pardon, toujours, dès le collège.

— Ce n'est pas une vie, ça, mon bon. C'est
horrible. Voyons, tu fais bien quelque chose, tu
aimes quelque chose, tu as des amis.

— Non. Je me lève à midi. Je viens ici, je
déjeune, je bois des bocks, j'attends la nuit, je
dîne, je bois des bocks; puis, vers une heure et
demie du matin, je retourne me coucher, parce
qu'on ferme. C'est ce qui m'embête le plus.
Depuis dix ans, j'ai bien passé six années sur
cette banquette, dans mon coin; et le reste dans
mon lit, jamais ailleurs. Je cause quelquefois avec
des habitués.

— Mais, en arrivant à Paris, qu'est-ce que tu
as fait tout d'abord?

— J'ai fait mon droit... au café de Médicis.

— Mais après?

— Après... j'ai passé l'eau et je suis venu ici.

— Pourquoi as-tu pris cette peine?

— Que veux-tu, on ne peut pas rester toute sa
vie au quartier Latin. Les étudiants font trop de

bruit. Maintenant je ne bougerai plus. Garçon, un bock! »

Je croyais qu'il se moquait de moi. J'insistai.

« Voyons, sois franc. Tu as eu quelque gros chagrin? Un désespoir d'amour, sans doute? Certes, tu es un homme que le malheur a frappé. Quel âge as-tu?

— J'ai trente-trois ans. Mais j'en parais au moins quarante-cinq. »

Je le regardai bien en face. Sa figure ridée, mal soignée, semblait presque celle d'un vieillard. Sur le sommet du crâne, quelques longs cheveux voltigeaient au-dessus de la peau d'une propreté douteuse. Il avait des sourcils énormes, une forte moustache et une barbe épaisse. J'eus brusquement, je ne sais pourquoi, la vision d'une cuvette pleine d'eau noirâtre, l'eau où aurait été lavé tout ce poil.

Je lui dis : « En effet, tu as l'air plus vieux que ton âge. Certainement tu as eu des chagrins. »

Il répliqua : « Je t'assure que non. Je suis vieux parce que je ne prends jamais l'air. Il n'y a rien qui détériore les gens comme la vie de café. »

Je ne le pouvais croire : « Tu as bien aussi fait la noce? On n'est pas chauve comme tu l'es sans avoir beaucoup aimé. »

Il secoua tranquillement le front, semant sur son dos les petites choses blanches qui tombaient de ses derniers cheveux : « Non, j'ai toujours été sage. » Et levant les yeux vers le lustre qui nous chauffait la tête : « Si je suis chauve, c'est la faute du gaz. Il est l'ennemi du cheveu. — Garçon, un bock! — Tu n'as pas soif?

— Non, merci. Mais vraiment tu m'intéresses. Depuis quand as-tu un pareil découragement? Ça n'est pas normal, ça n'est pas naturel. Il y a quelque chose là-dessous.

— Oui, ça date de mon enfance. J'ai reçu un coup, quand j'étais petit, et cela m'a tourné au noir pour jusqu'à la fin.

— Quoi donc?

— Tu veux le savoir? écoute.

*

Tu te rappelles bien le château où je fus élevé, puisque tu y es venu cinq ou six fois pendant les vacances? Tu te rappelles ce grand bâtiment gris, au milieu d'un grand parc, et les longues avenues de chênes, ouvertes vers les quatre points cardinaux! Tu te rappelles mon père et ma mère, tous les deux cérémonieux, solennels et sévères.

J'adorais ma mère; je redoutais mon père, et je les respectais tous les deux, accoutumé d'ailleurs à voir tout le monde courbé devant eux. Ils étaient, dans le pays, M. le comte et Mme la comtesse; et nos voisins aussi, les Tannemare, les Ravalet, les Brenneville, montraient pour mes parents une considération supérieure.

J'avais alors treize ans. J'étais gai, content de tout, comme on l'est à cet âge-là, tout plein du bonheur de vivre.

Or, vers la fin de septembre, quelques jours avant ma rentrée au collège, comme je jouais à faire le loup dans les massifs du parc, courant au milieu des branches et des feuilles, j'aperçus, en traversant une avenue, papa et maman qui se promenaient.

Je me rappelle cela comme d'hier. C'était par un jour de grand vent. Toute la ligne des arbres se courbait sous les rafales, gémissait, semblait pousser des cris, de ces cris sourds, profonds, que les forêts jettent dans les tempêtes.

Les feuilles arrachées, jaunes déjà, s'envolaient comme des oiseaux, tourbillonnaient, tombaient puis couraient tout le long de l'allée, ainsi que des bêtes rapides.

Le soir venait. Il faisait sombre dans les fourrés. Cette agitation du vent et des branches m'excitait, me faisait galoper comme un fou, et hurler pour imiter les loups.

Dès que j'eus aperçu mes parents, j'allai vers eux à pas furtifs, sous les branches, pour les surprendre, comme si j'eusse été un rôdeur véritable.

Mais je m'arrêtai, saisi de peur, à quelques pas d'eux. Mon père, en proie à une terrible colère, criait :

« Ta mère est une sotte; et, d'ailleurs, ce n'est pas de ta mère qu'il s'agit, mais de toi. Je te dis que j'ai besoin de cet argent, et j'entends que tu signes. »

Maman répondit, d'une voix ferme :

« Je ne signerai pas. C'est la fortune de Jean, cela. Je la garde pour lui et je ne veux pas que tu la manges encore avec des filles et des servantes, comme tu as fait de ton héritage. »

Alors papa, tremblant de fureur, se retourna, et saisissant sa femme par le cou, il se mit à la frapper avec l'autre main de toute sa force, en pleine figure.

Le chapeau de maman tomba, ses cheveux dénoués se répandirent; elle essayait de parer les coups, mais elle n'y pouvait parvenir. Et papa, comme fou, frappait, frappait. Elle roula par terre, cachant sa face dans ses deux bras. Alors il la renversa sur le dos pour la battre encore, écartant les mains dont elle se couvrait le visage.

Quant à moi, mon cher, il me semblait que le monde allait finir, que les lois éternelles étaient changées. J'éprouvais le bouleversement qu'on a devant les choses surnaturelles, devant les catastrophes monstrueuses, devant les irréparables désastres. Ma tête d'enfant s'égarait, s'affolait. Et je me mis à crier de toute ma force, sans savoir pourquoi, en proie à une épouvante, à une douleur, à un effarement épouvantables. Mon père m'entendit, se retourna, m'aperçut, et, se relevant, s'en vint vers moi. Je crus qu'il m'allait tuer et je m'enfuis comme un animal chassé, courant tout droit devant moi, dans le bois.

J'allai peut-être une heure, peut-être deux, je ne sais pas. La nuit étant venue, je tombai sur l'herbe, et je restai là éperdu, dévoré par la peur, rongé par un chagrin capable de briser à jamais un pauvre cœur d'enfant. J'avais froid, j'avais faim peut-être. Le jour vint. Je n'osais plus me lever, ni marcher, ni revenir, ni me sauver encore, craignant de rencontrer mon père que je ne voulais plus revoir.

Je serais peut-être mort de misère et de famine

au pied de mon arbre, si le garde ne m'avait découvert et ramené de force.

Je trouvai mes parents avec leur visage ordinaire. Ma mère me dit seulement : « Comme tu m'as fait peur, vilain garçon, j'ai passé la nuit sans dormir. » Je ne répondis point, mais je me mis à pleurer. Mon père ne prononça pas une parole.

Huit jours plus tard, je rentrais au collège.

Eh bien, mon cher, c'était fini pour moi. J'avais vu l'autre face des choses, la mauvaise; je n'ai plus aperçu la bonne depuis ce jour-là. Que s'est-il passé dans mon esprit? Quel phénomène étrange m'a retourné les idées? Je l'ignore. Mais je n'ai plus eu de goût pour rien, envie de rien, d'amour pour personne, de désir quelconque, d'ambition ou d'espérance. Et j'aperçois toujours ma pauvre mère, par terre, dans l'allée, tandis que mon père l'assommait. — Maman est morte après quelques années. Mon père vit encore. Je ne l'ai pas revu. — Garçon, un bock!... »

*

On lui apporta un bock qu'il engloutit d'une gorgée. Mais, en reprenant sa pipe, comme il tremblait, il la cassa. Alors il eut un geste désespéré, et il dit : « Tiens! C'est un vrai chagrin, ça, par exemple. J'en ai pour un mois à en culotter une nouvelle. »

Et il lança à travers la vaste salle, pleine maintenant de fumée et de buveurs, son éternel cri : « Garçon, un bock — et une pipe neuve! »

LE BAPTÊME[31]

Devant la porte de la ferme, les hommes endimanchés attendaient. Le soleil de mai versait sa claire lumière sur les pommiers épanouis, ronds comme d'immenses bouquets blancs, roses et parfumés, et qui mettaient sur la cour entière un toit de fleurs. Ils semaient sans cesse autour d'eux une neige de pétales menus, qui voltigeaient et tournoyaient en tombant dans l'herbe haute, où les pissenlits brillaient comme des flammes, où les coquelicots semblaient des gouttes de sang.

Une truie somnolait sur le bord du fumier, le ventre énorme, les mamelles gonflées, tandis qu'une troupe de petits porcs tournaient autour, avec leur queue roulée comme une corde.

Tout à coup, là-bas, derrière les arbres des fermes, la cloche de l'église tinta. Sa voix de fer jetait dans le ciel joyeux son appel faible et lointain. Des hirondelles filaient comme des flèches à travers l'espace bleu qu'enfermaient les grands hêtres immobiles. Une odeur d'étable passait parfois, mêlée au souffle doux et sucré des pommiers.

Un des hommes debout devant la porte se tourna vers la maison et cria :

« Allons, allons, Mélina, v'là que ça sonne! »

Il avait peut-être trente ans. C'était un grand paysan, que les longs travaux des champs n'avaient point encore courbé ni déformé. Un vieux, son père, noueux comme un tronc de chêne, avec des poignets bossués et des jambes torses, déclara :

« Les femmes, c'est jamais prêt, d'abord. »

Les deux autres fils du vieux se mirent à rire, et l'un, se tournant vers le frère aîné, qui avait appelé le premier, lui dit ·

« Va les quérir, Polyte. All' viendront point avant midi. »

Et le jeune homme entra dans sa demeure.

Une bande de canards arrêtée près des paysans se mit à crier en battant des ailes; puis ils partirent vers la mare de leur pas lent et balancé.

Alors, sur la porte demeurée ouverte, une grosse femme parut qui portait un enfant de deux mois. Les brides blanches de son haut bonnet lui pendaient sur le dos, retombant sur un châle rouge, éclatant comme un incendie, et le moutard, enveloppé de linges blancs, reposait sur le ventre en bosse de la garde.

Puis la mère, grande et forte, sortit à son tour, à peine âgée de dix-huit ans, fraîche et souriante, tenant le bras de son homme. Et les deux grand-

mères vinrent ensuite, fanées ainsi que de vieilles
pommes, avec une fatigue évidente dans leurs
reins forcés, tournés depuis longtemps par les
patientes et rudes besognes. Une d'elles était
veuve; elle prit le bras du grand-père, demeuré
devant la porte, et ils partirent en tête du
cortège, derrière l'enfant et la sage-femme. Et le
reste de la famille se mit en route à la suite. Les
plus jeunes portaient des sacs de papier pleins de
dragées.

Là-bas, la petite cloche sonnait sans repos,
appelant de toute sa force le frêle marmot
attendu. Des gamins montaient sur les fossés; des
gens apparaissaient aux barrières; des filles de
ferme restaient debout entre deux seaux pleins de
lait qu'elles posaient à terre pour regarder le
baptême.

Et la garde, triomphante, portait son fardeau
vivant, évitait les flaques d'eau dans les chemins
creux, entre les talus plantés d'arbres. Et les
vieux venaient avec cérémonie, marchant un peu
de travers, vu l'âge et les douleurs; et les jeunes
avaient envie de danser, et ils regardaient les
filles qui venaient les voir passer; et le père et la
mère allaient gravement, plus sérieux, suivant
cet enfant qui les remplacerait, plus tard, dans la
vie, qui continuerait dans le pays leur nom, le
nom des Dentu, bien connu par le canton.

Ils débouchèrent dans la plaine et prirent à
travers les champs pour éviter le long détour de
la route.

On apercevait l'église maintenant, avec son
clocher pointu. Une ouverture le traversait juste

au-dessous du toit d'ardoises; et quelque chose remuait là-dedans, allant et venant d'un mouvement vif, passant et repassant derrière l'étroite fenêtre. C'était la cloche qui sonnait toujours, criant au nouveau-né de venir, pour la première fois, dans la maison du Bon Dieu.

Un chien s'était mis à suivre. On lui jetait des dragées, il gambadait autour des gens.

La porte de l'église était ouverte. Le prêtre, un grand garçon à cheveux rouges, maigre et fort, un Dentu aussi, lui, oncle du petit, encore un frère du père, attendait devant l'autel. Et il baptisa suivant les rites son neveu Prosper-César, qui se mit à pleurer en goûtant le sel symbolique.

Quand la cérémonie fut achevée, la famille demeura sur le seuil pendant que l'abbé quittait son surplis; puis on se remit en route. On allait vite maintenant, car on pensait au dîner. Toute la marmaille du pays suivait, et, chaque fois qu'on lui jetait une poignée de bonbons, c'était une mêlée furieuse, des luttes corps à corps, des cheveux arrachés; et le chien aussi se jetait dans le tas pour ramasser les sucreries, tiré par la queue, par les oreilles, par les pattes, mais plus obstiné que les gamins.

La garde, un peu lasse, dit à l'abbé, qui marchait auprès d'elle :

« Dites donc, m'sieu le curé, si ça ne vous opposait pas de m' tenir un brin vot' neveu pendant que je m' dégourdirai. J'ai quasiment une crampe dans les estomacs. »

Le prêtre prit l'enfant, dont la robe blanche faisait une grande tache éclatante sur la soutane

noire, et il l'embrassa, gêné par ce léger fardeau,
ne sachant comment le tenir, comment le poser.
Tout le monde se mit à rire. Une des grand-mères
demanda de loin :

« Ça ne t' fait-il point deuil, dis, l'abbé, qu' tu
n'en auras jamais de comme ça? »

Le prêtre ne répondit pas. Il allait à grandes
enjambées, regardant fixement le moutard aux
yeux bleus, dont il avait envie d'embrasser
encore les joues rondes. Il n'y tint plus, et, le
levant jusqu'à son visage, il le baisa longuement.

Le père cria :

« Dis donc, curé, si t'en veux un, t'as qu'à le
dire. »

Et on se mit à plaisanter, comme plaisantent
les gens des champs.

Dès qu'on fut assis à table, la lourde gaieté
campagnarde éclata comme une tempête. Les
deux autres fils allaient aussi se marier; leurs
fiancées étaient là, arrivées seulement pour le
repas; et les invités ne cessaient de lancer des
allusions à toutes les générations futures que
promettaient ces unions.

C'étaient des gros mots, fortement salés, qui
faisaient ricaner les filles rougissantes et se tordre
les hommes. Ils tapaient du poing sur la table,
poussaient des cris. Le père et le grand-père ne
tarissaient point en propos polissons. La mère
souriait; les vieilles prenaient leur part de joie et
lançaient aussi des gaillardises.

Le curé, habitué à ces débauches paysannes,
restait tranquille, assis à côté de la garde,
agaçant du doigt la petite bouche de son neveu

pour le faire rire. Il semblait surpris par la vue de
cet enfant, comme s'il n'en avait jamais aperçu.
Il le considérait avec une attention réfléchie,
avec une gravité songeuse, avec une tendresse
éveillée au fond de lui, une tendresse inconnue,
singulière, vive et un peu triste, pour ce petit être
fragile qui était le fils de son frère.

Il n'entendait rien, il ne voyait rien, il contemplait l'enfant. Il avait envie de le prendre encore
sur ses genoux, car il gardait, sur sa poitrine et
dans son cœur, la sensation douce de l'avoir porté
tout à l'heure, en revenant de l'église. Il restait
ému devant cette larve d'homme comme devant
un mystère ineffable, auquel il n'avait jamais
pensé, un mystère auguste et saint, l'incarnation
d'une âme nouvelle, le grand mystère de la vie
qui commence, de l'amour qui s'éveille, de la race
qui se continue, de l'humanité qui marche toujours.

La garde mangeait, la face rouge, les yeux
luisants, gênée par le petit qui l'écartait de la
table.

L'abbé lui dit :

« Donnez-le-moi. Je n'ai pas faim. »

Et il reprit l'enfant. Alors tout disparut autour
de lui, tout s'effaça; et il restait les yeux fixés sur
cette figure rose et bouffie; et peu à peu, la
chaleur du petit corps, à travers les langes et le
drap de la soutane, lui gagnait les jambes, le
pénétrait comme une caresse très légère, très
bonne, très chaste, une caresse délicieuse qui lui
mettait des larmes aux yeux.

Le bruit des mangeurs devenait effrayant.

L'enfant, agacé par ces clameurs, se mit à pleurer.

Une voix s'écria :

« Dis donc, l'abbé, donne-lui à téter. »

Et une explosion de rires secoua la salle. Mais la mère s'était levée; elle prit son fils et l'emporta dans la chambre voisine. Elle revint au bout de quelques minutes en déclarant qu'il dormait tranquillement dans son berceau.

Et le repas continua. Hommes et femmes sortaient de temps en temps dans la cour, puis rentraient se mettre à table. Les viandes, les légumes, le cidre et le vin s'engouffraient dans les bouches, gonflaient les ventres, allumaient les yeux, faisaient délirer les esprits.

La nuit tombait quand on prit le café. Depuis longtemps le prêtre avait disparu, sans qu'on s'étonnât de son absence.

La jeune mère enfin se leva pour aller voir si le petit dormait toujours. Il faisait sombre à présent. Elle pénétra dans la chambre à tâtons; et elle avançait, les bras étendus, pour ne point heurter de meuble. Mais un bruit singulier l'arrêta net; et elle ressortit effarée, sûre d'avoir entendu remuer quelqu'un. Elle rentra dans la salle, fort pâle, tremblante, et raconta la chose. Tous les hommes se levèrent en tumulte, gris et menaçants; et le père, une lampe à la main, s'élança.

L'abbé, à genoux près du berceau, sanglotait, le front sur l'oreiller où reposait la tête de l'enfant.

REGRET[33]

A Léon Dierx[34].

M. Saval, qu'on appelle dans Mantes « le père Saval », vient de se lever. Il pleut. C'est un triste jour d'automne; les feuilles tombent. Elles tombent lentement dans la pluie, comme une autre pluie plus épaisse et plus lente. M. Saval n'est pas gai. Il va de sa cheminée à sa fenêtre et de sa fenêtre à sa cheminée. La vie a des jours sombres. Elle n'aura plus que des jours sombres pour lui maintenant, car il a soixante-deux ans! Il est seul, vieux garçon, sans personne autour de lui. Comme c'est triste de mourir ainsi, tout seul, sans une affection dévouée!

Il songe à son existence si nue, si vide. Il se rappelle, dans l'ancien passé, dans le passé de son enfance, la maison, la maison avec les parents; puis le collège, les sorties, le temps de son droit à Paris. Puis la maladie du père, sa mort.

Il est revenu habiter avec sa mère. Ils ont vécu tous les deux, le jeune homme et la vieille femme, paisiblement, sans rien désirer de plus. Elle est morte aussi. Que c'est triste, la vie!

Il est resté seul. Et maintenant il mourra bientôt à son tour. Il disparaîtra, lui, et ce sera fini. Il n'y aura plus de M. Paul Saval sur la terre. Quelle affreuse chose! D'autres gens vivront, s'aimeront, riront. Oui, on s'amusera et il n'existera plus, lui! Est-ce étrange qu'on puisse rire, s'amuser, être joyeux sous cette éternelle certitude de la mort. Si elle était seulement probable, cette mort, on pourrait encore espérer; mais non, elle est inévitable, aussi inévitable que la nuit après le jour.

Si encore sa vie avait été remplie! S'il avait fait quelque chose; s'il avait eu des aventures, de grands plaisirs, des succès, des satisfactions de toute sorte. Mais non, rien. Il n'avait rien fait, jamais rien que se lever, manger, aux mêmes heures, et se coucher. Et il était arrivé comme cela à l'âge de soixante-deux ans. Il ne s'était même pas marié, comme les autres hommes. Pourquoi? Oui, pourquoi ne s'était-il pas marié? Il l'aurait pu, car il possédait quelque fortune. Est-ce l'occasion qui lui avait manqué? Peut-être! Mais on les fait naître, ces occasions! Il était nonchalant, voilà. La nonchalance avait été son grand mal, son défaut, son vice. Combien de gens ratent leur vie par nonchalance. Il est si difficile à certaines natures de se lever, de remuer, de faire des démarches, de parler, d'étudier des questions.

Il n'avait même pas été aimé. Aucune femme n'avait dormi sur sa poitrine dans un complet

abandon d'amour. Il ne connaissait pas les
angoisses délicieuses de l'attente, le divin frisson
de la main pressée, l'extase de la passion triomphante.

Quel bonheur surhumain devait vous inonder
le cœur quand les lèvres se rencontrent pour la
première fois, quand l'étreinte de quatre bras fait
un seul être, un être souverainement heureux, de
deux êtres affolés l'un par l'autre.

M. Saval s'était assis, les pieds au feu, en robe
de chambre.

Certes, sa vie était ratée, tout à fait ratée.
Pourtant il avait aimé, lui. Il avait aimé secrètement, douloureusement et nonchalamment,
comme il faisait tout. Oui, il avait aimé sa vieille
amie Mme Sandres, la femme de son vieux camarade Sandres. Ah! s'il l'avait connue jeune fille!
Mais il l'avait rencontrée trop tard; elle était déjà
mariée. Certes, il l'aurait demandée, celle-là!
Comme il l'avait aimée pourtant, sans répit,
depuis le premier jour!

Il se rappelait son émotion toutes les fois qu'il
la revoyait, ses tristesses en la quittant, les nuits
où il ne pouvait pas s'endormir parce qu'il
pensait à elle.

Le matin, il se réveillait toujours un peu moins
amoureux que le soir. Pourquoi?

Comme elle était jolie, autrefois, et mignonne,
blonde, frisée, rieuse! Sandres n'était pas
l'homme qu'il lui aurait fallu. Maintenant, elle
avait cinquante-huit ans. Elle semblait heureuse.
Ah! si elle l'avait aimé, celle-là, jadis; si elle
l'avait aimé! Et pourquoi ne l'aurait-elle pas

aimé, lui, Saval, puisqu'il l'aimait bien, elle,
Mme Sandres?

Si seulement elle avait deviné quelque chose...
N'avait-elle rien deviné, n'avait-elle rien vu, rien
compris jamais? Alors qu'aurait-elle pensé? S'il
avait parlé, qu'aurait-elle répondu?

Et Saval se demandait mille autres choses. Il
revivait sa vie, cherchait à ressaisir une foule de
détails.

Il se rappelait toutes les longues soirées
d'écarté chez Sandres, quand sa femme était
jeune et si charmante.

Il se rappelait des choses qu'elle lui avait dites,
des intonations qu'elle avait autrefois, des petits
sourires muets qui signifiaient tant de pensées.

Il se rappelait leurs promenades, à trois, le
long de la Seine, leurs déjeuners sur l'herbe, le
dimanche, car Sandres était employé à la sous-
préfecture. Et soudain le souvenir net lui revint
d'un après-midi passé avec elle dans un petit
bois le long de la rivière.

Ils étaient partis le matin, emportant leurs
provisions dans des paquets. C'était par une vive
journée de printemps, une de ces journées qui
grisent. Tout sent bon, tout semble heureux. Les
oiseaux ont des cris plus gais et des coups d'ailes
plus rapides. On avait mangé sur l'herbe, sous
des saules, tout près de l'eau engourdie par le
soleil. L'air était tiède, plein d'odeurs de sève; on
le buvait avec délices. Qu'il faisait bon, ce jour-
là!

Après le déjeuner, Sandres s'était endormi sur

le dos : « Le meilleur somme de sa vie », disait-il
en se réveillant.

Mme Sandres avait pris le bras de Saval, et ils
étaient partis tous les deux le long de la rive.

Elle s'appuyait sur lui. Elle riait, elle disait :
« Je suis grise, mon ami, tout à fait grise. » Il la
regardait, frémissant jusqu'au cœur, se sentant
pâlir, redoutant que ses yeux ne fussent trop
hardis, qu'un tremblement de sa main ne révélât
son secret.

Elle s'était fait une couronne avec de grandes
herbes et des lis d'eau, et lui avait demandé :
« M'aimez-vous, comme ça? »

Comme il ne répondait rien, — car il n'avait
rien trouvé à répondre, il serait plutôt tombé à
genoux, — elle s'était mise à rire, d'un rire
mécontent, en lui jetant par la figure : « Gros
bête, va! On parle, au moins! »

Il avait failli pleurer sans trouver encore un
seul mot.

Tout cela lui revenait maintenant, précis
comme au premier jour. Pourquoi lui avait-elle
dit cela : « Gros bête, va! On parle, au moins! »

Et il se rappela comme elle s'appuyait tendrement sur lui. En passant sous un arbre penché, il
avait senti son oreille, à elle, contre sa joue, à lui,
et il s'était reculé brusquement, dans la crainte
qu'elle ne crût volontaire ce contact.

Quand il avait dit : « Ne serait-il pas temps de
revenir? » elle lui avait lancé un regard singulier.
Certes, elle l'avait regardé d'une curieuse façon.
Il n'y avait pas songé, alors; et voilà qu'il s'en
souvenait maintenant.

« Comme vous voudrez, mon ami. Si vous êtes fatigué, retournons. »

Et il avait répondu :

« Ce n'est pas que je sois fatigué; mais Sandres est peut-être réveillé maintenant. »

Et elle avait dit, en haussant les épaules :

« Si vous craignez que mon mari soit réveillé, c'est autre chose; retournons! »

En revenant, elle demeura silencieuse; et elle ne s'appuyait plus sur son bras. Pourquoi?

Ce « pourquoi »-là, il ne se l'était point encore posé. Maintenant il lui semblait apercevoir quelque chose qu'il n'avait jamais compris.

Est-ce que...?

M. Saval se sentit rougir, et il se leva bouleversé comme si, de trente ans plus jeune, il avait entendu Mme Sandres lui dire : « Je vous aime! »

Était-ce possible? Ce soupçon qui venait de lui entrer dans l'âme le torturait! Était-ce possible qu'il n'eût pas vu, pas deviné?

Oh! si cela était vrai, s'il avait passé contre ce bonheur sans le saisir!

Il se dit : Je veux savoir. Je ne peux rester dans ce doute. Je veux savoir!

Et il s'habilla vite, se vêtant à la hâte. Il pensait : « J'ai soixante-deux ans, elle en a cinquante-huit; je peux bien lui demander cela. »

Et il sortit.

La maison de Sandres se trouvait de l'autre côté de la rue, presque en face de la sienne. Il s'y rendit. La petite servante vint ouvrir au coup de marteau.

Elle fut étonnée de le voir si tôt :

« Vous déjà, monsieur Saval; est-il arrivé quelque accident? »

Saval répondit :

« Non, ma fille, mais va dire à ta maîtresse que je voudrais lui parler tout de suite.

— C'est que Madame fait sa provision de confitures de poires pour l'hiver; et elle est dans son fourneau; et pas habillée, vous comprenez.

— Oui, mais dis-lui que c'est pour une chose très importante. »

La petite bonne s'en alla, et Saval se mit à marcher dans le salon, à grands pas nerveux. Il ne se sentait pas embarrassé cependant. Oh! il allait lui demander cela comme il lui aurait demandé une recette de cuisine. C'est qu'il avait soixante-deux ans!

La porte s'ouvrit; elle parut. C'était maintenant une grosse femme large et ronde, aux joues pleines, au rire sonore. Elle marchait les mains loin du corps et les manches relevées sur ses bras nus, poissés de jus sucré. Elle demanda, inquiète :

« Qu'est-ce que vous avez, mon ami; vous n'êtes pas malade? »

Il reprit :

« Non, ma chère amie, mais je veux vous demander une chose qui a pour moi beaucoup d'importance, et qui me torture le cœur. Me promettez-vous de me répondre franchement? »

Elle sourit.

« Je suis toujours franche. Dites.

— Voilà. Je vous ai aimée du jour où je vous ai vue. Vous en étiez-vous doutée? »

Elle répondit en riant, avec quelque chose de l'intonation d'autrefois :

« Gros bête, va! Je l'ai bien vu du premier jour! »

Saval se mit à trembler; il balbutia :

« Vous le saviez?... Alors... »

Et il se tut.

Elle demanda :

« Alors?... Quoi? »

Il reprit :

« Alors... que pensiez-vous?... que... que... Qu'auriez-vous répondu? »

Elle rit plus fort. Des gouttes de sirop lui coulaient au bout des doigts et tombaient sur le parquet.

« Moi?... Mais vous ne m'avez rien demandé. Ce n'était pas à moi de vous faire une déclaration! »

Alors il fit un pas vers elle :

« Dites-moi... dites-moi... Vous rappelez-vous ce jour où Sandres s'est endormi sur l'herbe après déjeuner... où nous avons été ensemble, jusqu'au tournant, là-bas... »

Il attendit. Elle avait cessé de rire et le regardait dans les yeux :

« Mais certainement, je me le rappelle. »

Il reprit en frissonnant :

« Eh bien... ce jour-là... si j'avais été... si j'avais été... entreprenant... qu'est-ce que vous auriez fait? »

Elle se mit à sourire en femme heureuse qui ne regrette rien, et elle répondit franchement, d'une voix claire où pointait une ironie :

« J'aurais cédé, mon ami. »

Puis elle tourna ses talons et s'enfuit vers ses confitures.

Saval ressortit dans la rue, atterré comme après un désastre. Il filait à grands pas sous la pluie, droit devant lui, descendant vers la rivière, sans songer où il allait. Quand il arriva sur la berge, il tourna à droite et la suivit. Il marcha longtemps, comme poussé par un instinct. Ses vêtements ruisselaient d'eau, son chapeau déformé, mou comme une loque, dégouttait à la façon d'un toit. Il allait toujours, toujours devant lui. Et il se trouva sur la place où ils avaient déjeuné au jour lointain dont le souvenir lui torturait le cœur.

Alors il s'assit sous les arbres dénudés, et il pleura.

MON ONCLE JULES[35]

A M. Achille Bénouville[36].

Un vieux pauvre, à barbe blanche, nous demanda l'aumône. Mon camarade Joseph Davranche lui donna cent sous. Je fus surpris. Il me dit :

« Ce misérable m'a rappelé une histoire que je vais te dire et dont le souvenir me poursuit sans cesse. La voici. »

*

Ma famille, originaire du Havre, n'était pas riche. On s'en tirait, voilà tout. Le père travaillait, rentrait tard du bureau et ne gagnait pas grand-chose. J'avais deux sœurs.

Ma mère souffrait beaucoup de la gêne où nous vivions, et elle trouvait souvent des paroles aigres pour son mari, des reproches voilés et perfides. Le pauvre homme avait alors un geste qui me navrait. Il se passait la main ouverte sur

le front, comme pour essuyer une sueur qui
n'existait pas, et il ne répondait rien. Je sentais
sa douleur impuissante. On économisait sur tout;
on n'acceptait jamais un dîner, pour n'avoir pas
à le rendre; on achetait les provisions au rabais,
les fonds de boutique. Mes sœurs faisaient leurs
robes elles-mêmes et avaient de longues discussions sur le prix d'un galon qui valait quinze
centimes le mètre. Notre nourriture ordinaire
consistait en soupe grasse et bœuf accommodé à
toutes les sauces. Cela est sain et réconfortant,
paraît-il; j'aurais préféré autre chose.

On me faisait des scènes abominables pour les
boutons perdus et les pantalons déchirés.

Mais chaque dimanche nous allions faire notre
tour de jetée en grande tenue. Mon père, en
redingote, en grand chapeau, en gants, offrait le
bras à ma mère, pavoisée comme un navire un
jour de fête. Mes sœurs, prêtes les premières,
attendaient le signal du départ; mais, au dernier
moment, on découvrait toujours une tache
oubliée sur la redingote du père de famille, et il
fallait bien vite l'effacer avec un chiffon mouillé
de benzine.

Mon père, gardant son grand chapeau sur la
tête, attendait, en manches de chemise, que
l'opération fût terminée, tandis que ma mère se
hâtait, ayant ajusté ses lunettes de myope, et ôté
ses gants pour ne les pas gâter.

On se mettait en route avec cérémonie. Mes
sœurs marchaient devant, en se donnant le bras.
Elles étaient en âge de mariage, et on en faisait
montre en ville. Je me tenais à gauche de ma

mère, dont mon père gardait la droite. Et je me rappelle l'air pompeux de mes pauvres parents dans ces promenades du dimanche, la rigidité de leurs traits, la sévérité de leur allure. Ils avançaient d'un pas grave, le corps droit, les jambes raides, comme si une affaire d'une importance extrême eût dépendu de leur tenue.

Et chaque dimanche, en voyant entrer les grands navires qui revenaient de pays inconnus et lointains, mon père prononçait invariablement les mêmes paroles :

« Hein! si Jules était là-dedans, quelle surprise! »

Mon oncle Jules, le frère de mon père, était le seul espoir de la famille, après en avoir été la terreur. J'avais entendu parler de lui depuis mon enfance, et il me semblait que je l'aurais reconnu du premier coup, tant sa pensée m'était devenue familière. Je savais tous les détails de son existence jusqu'au jour de son départ pour l'Amérique, bien qu'on ne parlât qu'à voix basse de cette période de sa vie.

Il avait eu, paraît-il, une mauvaise conduite, c'est-à-dire qu'il avait mangé quelque argent, ce qui est bien le plus grand des crimes pour les familles pauvres. Chez les riches, un homme qui s'amuse *fait des bêtises*. Il est ce qu'on appelle, en souriant, un noceur. Chez les nécessiteux, un garçon qui force les parents à écorner le capital devient un mauvais sujet, un gueux, un drôle!

Et cette distinction est juste, bien que le fait soit le même, car les conséquences seules déterminent la gravité de l'acte.

Enfin l'oncle Jules avait notablement diminué
l'héritage sur lequel comptait mon père; après
avoir d'ailleurs mangé sa part jusqu'au dernier
sou.

On l'avait embarqué pour l'Amérique, comme
on faisait alors, sur un navire marchand allant du
Havre à New York.

Une fois là-bas, mon oncle Jules s'établit
marchand de je ne sais quoi, et il écrivit bientôt
qu'il gagnait un peu d'argent et qu'il espérait
pouvoir dédommager mon père du tort qu'il lui
avait fait. Cette lettre causa dans la famille une
émotion profonde. Jules, qui ne valait pas,
comme on dit, les quatre fers d'un chien, devint
tout à coup un honnête homme, un garçon de
cœur, un vrai Davranche, intègre comme tous les
Davranche.

Un capitaine nous apprit en outre qu'il avait
loué une grande boutique et qu'il faisait un
commerce important.

Une seconde lettre, deux ans plus tard, disait :
« Mon cher Philippe, je t'écris pour que tu ne
t'inquiètes pas de ma santé, qui est bonne. Les
affaires aussi vont bien. Je pars demain pour un
long voyage dans l'Amérique du Sud. Je serai
peut-être plusieurs années sans te donner de mes
nouvelles. Si je ne t'écris pas, ne sois pas inquiet.
Je reviendrai au Havre une fois fortune faite.
J'espère que ce ne sera pas trop long, et nous
vivrons heureux ensemble... »

Cette lettre était devenue l'évangile de la
famille. On la lisait à tout propos, on la montrait
à tout le monde.

Pendant dix ans, en effet, l'oncle Jules ne
donna plus de nouvelles; mais l'espoir de mon
père grandissait à mesure que le temps marchait;
et ma mère aussi disait souvent :

« Quand ce bon Jules sera là, notre situation
changera. En voilà un qui a su se tirer d'affaire! »

Et chaque dimanche, en regardant venir de
l'horizon les gros vapeurs noirs vomissant sur le
ciel des serpents de fumée, mon père répétait sa
phrase éternelle :

« Hein! si Jules était là-dedans, quelle surprise! »

Et on s'attendait presque à le voir agiter un
mouchoir, et crier :

« Ohé! Philippe. »

On avait échafaudé mille projets sur ce retour
assuré; on devait même acheter, avec l'argent de
l'oncle, une petite maison de campagne près
d'Ingouville [37]. Je n'affirmerais pas que mon père
n'eût point entamé déjà des négociations à ce
sujet.

L'aînée de mes sœurs avait alors vingt-huit
ans; l'autre vingt-six. Elles ne se mariaient pas,
et c'était là un gros chagrin pour tout le monde.

Un prétendant enfin se présenta pour la
seconde. Un employé, pas riche, mais honorable.
J'ai toujours eu la conviction que la lettre de
l'oncle Jules, montrée un soir, avait terminé les
hésitations et emporté la résolution du jeune
homme.

On l'accepta avec empressement, et il fut

décidé qu'après le mariage toute la famille ferait
ensemble un petit voyage à Jersey [38].

Jersey est l'idéal du voyage pour les gens
pauvres. Ce n'est pas loin; on passe la mer dans
un paquebot et on est en terre étrangère, cet îlot
appartenant aux Anglais. Donc, un Français,
avec deux heures de navigation, peut s'offrir la
vue d'un peuple voisin chez lui et étudier les
mœurs, déplorables d'ailleurs, de cette île couverte par le pavillon britannique, comme disent
les gens qui parlent avec simplicité.

Ce voyage de Jersey devint notre préoccupa-
tion, notre unique attente, notre rêve de tous les
instants.

On partit enfin. Je vois cela comme si c'était
d'hier : le vapeur chauffant contre le quai de
Granville; mon père, effaré, surveillant l'embar-
quement de nos trois colis; ma mère inquiète
ayant pris le bras de ma sœur non mariée, qui
semblait perdue depuis le départ de l'autre,
comme un poulet resté seul de sa couvée; et,
derrière nous, les nouveaux époux qui restaient
toujours en arrière, ce qui me faisait souvent
tourner la tête.

Le bâtiment siffla. Nous voici montés, et le
navire, quittant la jetée, s'éloigna sur une mer
plate comme une table de marbre vert. Nous
regardions les côtes s'enfuir, heureux et fiers
comme tous ceux qui voyagent peu.

Mon père tendait son ventre, sous sa redingote
dont on avait, le matin même, effacé avec soin
toutes les taches, et il répandait autour de lui

cette odeur de benzine des jours de sortie, qui me
faisait reconnaître les dimanches.

Tout à coup, il avisa deux dames élégantes à
qui deux messieurs offraient des huîtres. Un
vieux matelot déguenillé ouvrait d'un coup de
couteau les coquilles et les passait aux messieurs,
qui les tendaient ensuite aux dames. Elles man-
geaient d'une manière délicate, en tenant l'écaille
sur un mouchoir fin et en avançant la bouche
pour ne point tacher leurs robes. Puis elles
buvaient l'eau d'un petit mouvement rapide et
jetaient la coquille à la mer.

Mon père, sans doute, fut séduit par cet acte
distingué de manger des huîtres sur un navire en
marche. Il trouva cela bon genre, raffiné, supérieur, et il s'approcha de ma mère et de mes
sœurs en demandant :

« Voulez-vous que je vous offre quelques
huîtres? »

Ma mère hésitait, à cause de la dépense; mais
mes deux sœurs acceptèrent tout de suite. Ma
mère dit, d'un ton contrarié :

« J'ai peur de me faire mal à l'estomac. Offre
ça aux enfants seulement, mais pas trop, tu les
rendrais malades. »

Puis, se tournant vers moi, elle ajouta :

« Quant à Joseph, il n'en a pas besoin; il ne
faut point gâter les garçons. »

Je restai donc à côté de ma mère, trouvant
injuste cette distinction. Je suivais de l'œil mon
père, qui conduisait pompeusement ses deux filles
et son gendre vers le vieux matelot déguenillé.

Les deux dames venaient de partir, et mon

père indiquait à mes sœurs comment il fallait s'y
prendre pour manger sans laisser couler l'eau; il
voulut même donner l'exemple et il s'empara
d'une huître. En essayant d'imiter les dames, il
renversa immédiatement tout le liquide sur sa
redingote et j'entendis ma mère murmurer :

« Il ferait mieux de se tenir tranquille. »

Mais tout à coup mon père me parut inquiet; il
s'éloigna de quelques pas, regarda fixement sa
famille pressée autour de l'écailleur, et, brusquement, il vint vers nous. Il me sembla fort pâle,
avec des yeux singuliers. Il dit, à mi-voix, à ma
mère :

« C'est extraordinaire, comme cet homme qui
ouvre les huîtres ressemble à Jules. »

Ma mère, interdite, demanda :

« Quel Jules?... »

Mon père reprit :

« Mais... mon frère... Si je ne le savais pas en
bonne position, en Amérique, je croirais que c'est
lui. »

Ma mère effarée balbutia :

« Tu es fou! Du moment que tu sais bien que
ce n'est pas lui, pourquoi dire ces bêtises-là? »

Mais mon père insistait :

« Va donc le voir, Clarisse; j'aime mieux que tu
t'en assures toi-même, de tes propres yeux. »

Elle se leva et alla rejoindre ses filles. Moi
aussi, je regardais l'homme. Il était vieux, sale,
tout ridé, et ne détournait pas le regard de sa
besogne.

Ma mère revint. Je m'aperçus qu'elle tremblait. Elle prononça très vite :

« Je crois que c'est lui. Va donc demander des renseignements au capitaine. Surtout sois prudent, pour que ce garnement ne nous retombe pas sur les bras, maintenant! »

Mon père s'éloigna, mais je le suivis. Je me sentais étrangement ému.

Le capitaine, un grand monsieur, maigre, à longs favoris, se promenait sur la passerelle d'un air important, comme s'il eût commandé le courrier des Indes [39].

Mon père l'aborda avec cérémonie, en l'interrogeant sur son métier avec accompagnement de compliments :

« Quelle était l'importance de Jersey? Ses productions? Sa population? Ses mœurs? Ses coutumes? La nature du sol », etc., etc.

On eût cru qu'il s'agissait au moins des États-Unis d'Amérique.

Puis on parla du bâtiment qui nous portait, l'*Express* [40]; puis on en vint à l'équipage. Mon père, enfin, d'une voix troublée :

« Vous avez là un vieil écailleur d'huîtres qui paraît bien intéressant. Savez-vous quelques détails sur ce bonhomme? »

Le capitaine, que cette conversation finissait par irriter, répondit sèchement :

« C'est un vieux vagabond français que j'ai trouvé en Amérique l'an dernier, et que j'ai rapatrié. Il a, paraît-il, des parents au Havre, mais il ne veut pas retourner près d'eux, parce qu'il leur doit de l'argent. Il s'appelle Jules... Jules Darmanche ou Darvanche, quelque chose comme ça, enfin. Il paraît qu'il a été riche un moment là-bas, mais vous voyez où il en est réduit maintenant. »

Mon père qui devenait livide, articula, la gorge serrée, les yeux hagards :

« Ah! ah! très bien..., fort bien... Cela ne m'étonne pas... Je vous remercie beaucoup, capitaine. »

Et il s'en alla, tandis que le marin le regardait s'éloigner avec stupeur.

Il revint auprès de ma mère, tellement décomposé qu'elle lui dit :

« Assieds-toi; on va s'apercevoir de quelque chose. »

Il tomba sur le banc en bégayant :

« C'est lui, c'est bien lui! »

Puis il demanda :

« Qu'allons-nous faire?... »

Elle répondit vivement :

« Il faut éloigner les enfants. Puisque Joseph sait tout, il va aller les chercher. Il faut prendre garde surtout que notre gendre ne se doute de rien. »

Mon père paraissait atterré. Il murmura :

« Quelle catastrophe! »

Ma mère ajouta, devenue tout à coup furieuse :

« Je me suis toujours doutée que ce voleur ne ferait rien, et qu'il nous retomberait sur le dos! Comme si on pouvait attendre quelque chose d'un Davranche!... »

Et mon père se passa la main sur le front, comme il faisait sous les reproches de sa femme.

Elle ajouta :

« Donne de l'argent à Joseph pour qu'il aille

payer ces huîtres, à présent. Il ne manquerait plus que d'être reconnus par ce mendiant. Cela ferait un joli effet sur le navire. Allons-nous-en à l'autre bout, et fais en sorte que cet homme n'approche pas de nous! »

Elle se leva, et ils s'éloignèrent après m'avoir remis une pièce de cent sous.

Mes sœurs, surprises, attendaient leur père. J'affirmai que maman s'était trouvée un peu gênée par la mer, et je demandai à l'ouvreur d'huîtres :

« Combien est-ce que nous vous devons, monsieur? »

J'avais envie de dire : mon oncle.

Il répondit :

« Deux francs cinquante. »

Je tendis mes cent sous et il me rendit la monnaie.

Je regardais sa main, une pauvre main de matelot toute plissée, et je regardais son visage, un vieux et misérable visage, triste, accablé, en me disant :

« C'est mon oncle, le frère de papa, mon oncle! »

Je lui laissai dix sous de pourboire. Il me remercia :

« Dieu vous bénisse, mon jeune monsieur! »

Avec l'accent d'un pauvre qui reçoit l'aumône. Je pensai qu'il avait dû mendier, là-bas!

Mes sœurs me contemplaient, stupéfaites de ma générosité.

Quand je remis les deux francs à mon père, ma mère, surprise, demanda :

« Il y en avait pour trois francs?... Ce n'est pas possible. »

Je déclarai d'une voix ferme :

« J'ai donné dix sous de pourboire. »

Ma mère eut un sursaut et me regarda dans les yeux :

« Tu es fou! Donner dix sous à cet homme, à ce gueux!... »

Elle s'arrêta sous un regard de mon père, qui désignait son gendre.

Puis on se tut.

Devant nous, à l'horizon, une ombre violette semblait sortir de la mer. C'était Jersey.

Lorsqu'on approcha des jetées, un désir violent me vint au cœur de voir encore une fois mon oncle Jules, de m'approcher, de lui dire quelque chose de consolant, de tendre.

Mais, comme personne ne mangeait plus d'huîtres, il avait disparu, descendu sans doute au fond de la cale infecte où logeait ce misérable.

Et nous sommes revenus par le bateau de Saint-Malo, pour ne pas le rencontrer. Ma mère était dévorée d'inquiétude.

Je n'ai jamais revu le frère de mon père!

Voilà pourquoi tu me verras quelquefois donner cent sous aux vagabonds.

EN VOYAGE [41]

A Gustave Toudouze [42].

I

Le wagon était au complet depuis Cannes; on causait, tout le monde se connaissant. Lorsqu'on passa Tarascon, quelqu'un dit : « C'est ici qu'on assassine. » Et on se mit à parler du mystérieux et insaisissable meurtrier qui, depuis deux ans, s'offre, de temps en temps, la vie d'un voyageur. Chacun faisait des suppositions, chacun donnait son avis; les femmes regardaient en frissonnant la nuit sombre derrière les vitres, avec la peur de voir apparaître soudain une tête d'homme à la portière. Et on se mit à raconter des histoires effrayantes de mauvaises rencontres, des tête-à-tête avec des fous dans un rapide, des heures passées en face d'un personnage suspect [43].

Chaque homme savait une anecdote à son honneur, chacun avait intimidé, terrassé et gar-

rotté quelque malfaiteur en des circonstances
surprenantes, avec une présence d'esprit et une
audace admirables. Un médecin, qui passait
chaque hiver dans le Midi, voulut à son tour
conter une aventure :

*

Moi, dit-il, je n'ai jamais eu la chance d'expéri-
menter mon courage dans une affaire de cette
sorte; mais j'ai connu une femme, une de mes
clientes, morte aujourd'hui, à qui arriva la plus
singulière chose du monde, et aussi la plus
mystérieuse et la plus attendrissante.

C'était une Russe, la comtesse Marie Baranow,
une très grande dame, d'une exquise beauté.
Vous savez comme les Russes sont belles, du
moins comme elles nous semblent belles, avec
leur nez fin, leur bouche délicate, leurs yeux
rapprochés, d'une indéfinissable couleur, d'un
bleu gris, et leur grâce froide, un peu dure! Elles
ont quelque chose de méchant et de séduisant,
d'altier et de doux, de tendre et de sévère, tout à
fait charmant pour un Français. Au fond, c'est
peut-être seulement la différence de race et de
type qui me fait voir tant de choses en elles [44].

Son médecin, depuis plusieurs années, la voyait
menacée d'une maladie de poitrine et tâchait de
la décider à venir dans le Midi de la France; mais
elle refusait obstinément de quitter Petersbourg.
Enfin l'automne dernier, la jugeant perdue, le
docteur prévint le mari qui ordonna aussitôt à sa
femme de partir pour Menton.

Elle prit le train, seule dans son wagon, ses gens de service occupant un autre compartiment. Elle restait contre la portière, un peu triste, regardant passer les campagnes et les villages, se sentant bien isolée, bien abandonnée dans la vie, sans enfants, presque sans parents, avec un mari dont l'amour était mort et qui la jetait ainsi au bout du monde sans venir avec elle, comme on envoie à l'hôpital un valet malade.

A chaque station, son serviteur Ivan venait s'informer si rien ne manquait à sa maîtresse. C'était un vieux domestique aveuglément dévoué, prêt à accomplir tous les ordres qu'elle lui donnerait.

La nuit tomba, le convoi roulait à toute vitesse. Elle ne pouvait dormir, énervée à l'excès. Soudain la pensée lui vint de compter l'argent que son mari lui avait remis à la dernière minute, en or de France. Elle ouvrit son petit sac et vida sur ses genoux le flot luisant de métal.

Mais tout à coup un souffle d'air froid lui frappa le visage. Surprise, elle leva la tête. La portière venait de s'ouvrir. La comtesse Marie, éperdue, jeta brusquement un châle sur son argent répandu dans sa robe, et attendit. Quelques secondes s'écoulèrent, puis un homme parut, nu-tête, blessé à la main, haletant, en costume de soirée. Il referma la porte, s'assit, regarda sa voisine avec des yeux luisants, puis enveloppa d'un mouchoir son poignet dont le sang coulait.

La jeune femme se sentait défaillir de peur.

Cet homme, certes, l'avait vue compter son or,
et il était venu pour la voler et la tuer.

Il la fixait toujours, essoufflé, le visage convulsé,
prêt à bondir sur elle sans doute.

Il dit brusquement :

« Madame, n'ayez pas peur ! »

Elle ne répondit rien, incapable d'ouvrir la
bouche, entendant son cœur battre et ses oreilles
bourdonner.

Il reprit :

« Je ne suis pas un malfaiteur, madame. »

Elle ne disait toujours rien, mais, dans un
brusque mouvement qu'elle fit, ses genoux
s'étant rapprochés, son or se mit à couler sur le
tapis comme l'eau coule d'une gouttière.

L'homme, surpris, regardait ce ruisseau de
métal, et il se baissa tout à coup pour le
ramasser.

Elle, effarée, se leva, jetant à terre toute sa
fortune, et elle courut à la portière pour se
précipiter sur la voie. Mais il comprit ce qu'elle
allait faire, s'élança, la saisit dans ses bras, la fit
asseoir de force, et la maintenant par les poignets : « Écoutez-moi, madame, je ne suis pas un
malfaiteur, et, la preuve, c'est que je vais
ramasser cet argent et vous le rendre. Mais je suis
un homme perdu, un homme mort, si vous ne
m'aidez pas à passer la frontière. Je ne puis vous
en dire davantage. Dans une heure, nous serons à
la dernière station russe; dans une heure vingt,
nous franchirons la limite de l'Empire. Si vous ne
me secourez point, je suis perdu. Et cependant,
madame, je n'ai ni tué, ni volé, ni rien fait de

contraire à l'honneur. Cela je vous le jure. Je ne puis vous en dire davantage. »

Et, se mettant à genoux, il ramassa l'or jusque sous les banquettes, cherchant les dernières pièces roulées au loin. Puis, quand ce petit sac de cuir fut plein de nouveau, il le remit à sa voisine sans ajouter un mot, et il retourna s'asseoir à l'autre coin du wagon.

Ils ne remuaient plus ni l'un ni l'autre. Elle demeurait immobile et muette, encore défaillante de terreur, mais s'apaisant peu à peu. Quant à lui, il ne faisait pas un geste, pas un mouvement; il restait droit, les yeux fixés devant lui, très pâle, comme s'il eût été mort. De temps en temps elle jetait vers lui un regard brusque, vite détourné. C'était un homme de trente ans environ, fort beau, avec toute l'apparence d'un gentilhomme.

Le train courait dans les ténèbres, jetait par la nuit ses appels déchirants, ralentissait parfois sa marche, puis repartait à toute vitesse. Mais soudain il calma son allure, siffla plusieurs fois et s'arrêta tout à fait.

Ivan parut à la portière afin de prendre les ordres.

La comtesse Marie, la voix tremblante, considéra une dernière fois son étrange compagnon, puis elle dit à son serviteur, d'une voix brusque :

« Ivan, tu vas retourner près du comte, je n'ai plus besoin de toi. »

L'homme, interdit, ouvrait des yeux énormes. Il balbutia :

« Mais... barine [45]. »

Elle reprit :

« Non, tu ne viendras pas, j'ai changé d'avis. Je veux que tu restes en Russie. Tiens, voici de l'argent pour retourner. Donne-moi ton bonnet et ton manteau. »

Le vieux domestique, effaré, se décoiffa et tendit son manteau, obéissant toujours sans répondre, habitué aux volontés soudaines et aux irrésistibles caprices des maîtres. Et il s'éloigna, les larmes aux yeux.

Le train repartit, courant à la frontière.

Alors la comtesse Marie dit à son voisin :

« Ces choses sont pour vous, monsieur, vous êtes Ivan, mon serviteur. Je ne mets qu'une condition à ce que je fais : c'est que vous ne me parlerez jamais, que vous ne me direz pas un mot, ni pour me remercier, ni pour quoi que ce soit. »

L'inconnu s'inclina sans prononcer une parole.

Bientôt on s'arrêta de nouveau et des fonctionnaires en uniforme visitèrent le train. La comtesse leur tendit les papiers et, montrant l'homme assis au fond de son wagon :

« C'est mon domestique Ivan, dont voici le passeport. »

Le train se remit en route.

Pendant toute la nuit, ils restèrent en tête-à-tête, muets tous deux.

Le matin venu, comme on s'arrêtait dans une gare allemande, l'inconnu descendit; puis, debout à la portière :

« Pardonnez-moi, madame, de rompre ma promesse; mais je vous ai privée de votre domestique, il est juste que je le remplace. N'avez-vous besoin de rien? »

Elle répondit froidement :

« Allez chercher ma femme de chambre. »

Il y alla. Puis disparut.

Quand elle descendait à quelque buffet, elle l'apercevait de loin qui la regardait. Ils arrivèrent à Menton.

II

Le docteur se tut une seconde, puis reprit :

Un jour, comme je recevais mes clients dans mon cabinet, je vis entrer un grand garçon qui me dit :

« Docteur, je viens vous demander des nouvelles de la comtesse Marie Baranow. Je suis, bien qu'elle ne me connaisse point, un ami de son mari. »

Je répondis :

« Elle est perdue. Elle ne retournera pas en Russie. »

Et cet homme brusquement se mit à sangloter, puis il se leva et sortit en trébuchant comme un ivrogne.

Je prévins, le soir même, la comtesse qu'un étranger était venu m'interroger sur sa santé. Elle parut émue et me raconta toute l'histoire que je viens de vous dire. Elle ajouta :

« Cet homme que je ne connais point me suit maintenant comme mon ombre, je le rencontre chaque fois que je sors; il me regarde d'une étrange façon, mais il ne m'a jamais parlé. »

Elle réfléchit, puis ajouta :

« Tenez, je parie qu'il est sous mes fenêtres. »

Elle quitta sa chaise longue, alla écarter les rideaux et me montra en effet l'homme qui était venu me trouver, assis sur un banc de la promenade, les yeux levés vers l'hôtel. Il nous aperçut, se leva et s'éloigna sans retourner une fois la tête.

Alors, j'assistai à une chose surprenante et douloureuse, à l'amour muet de ces deux êtres qui ne se connaissaient point.

Il l'aimait, lui, avec le dévouement d'une bête sauvée, reconnaissante et dévouée à la mort. Il venait chaque jour me dire : « Comment va-t-elle? » comprenant que je l'avais deviné. Et il pleurait affreusement quand il l'avait vue passer plus faible et plus pâle chaque jour.

Elle me disait :

« Je ne lui ai parlé qu'une fois, à ce singulier homme, et il me semble que je le connais depuis vingt ans. »

Et quand ils se rencontraient, elle lui rendait son salut avec un sourire grave et charmant. Je la sentais heureuse, elle si abandonnée et qui se savait perdue, je la sentais heureuse d'être aimée ainsi, avec ce respect et cette constance, avec cette poésie exagérée, avec ce dévouement prêt à tout. Et pourtant, fidèle à son obstination d'exaltée, elle refusait désespérément de le recevoir, de connaître son nom, de lui parler. Elle disait : « Non, non, cela me gâterait cette étrange amitié. Il faut que nous demeurions étrangers l'un à l'autre. »

Quant à lui, il était certes également une sorte de Don Quichotte, car il ne fit rien pour se rapprocher d'elle. Il voulait tenir jusqu'au bout l'absurde promesse de ne lui jamais parler qu'il avait faite dans le wagon.

Souvent, pendant ses longues heures de fai-blesse, elle se levait de sa chaise longue et allait entrouvrir son rideau pour regarder s'il était là, sous sa fenêtre. Et quand elle l'avait vu, toujours immobile sur son banc, elle revenait se coucher avec un sourire aux lèvres.

Elle mourut un matin, vers dix heures. Comme je sortais de l'hôtel, il vint à moi, le visage bouleversé; il savait déjà la nouvelle.

« Je voudrais la voir une seconde, devant vous », dit-il.

Je lui pris le bras et rentrai dans la maison.

Quand il fut devant le lit de la morte, il lui saisit la main et la baisa d'un interminable baiser, puis il se sauva comme un insensé.

*

Le docteur se tut de nouveau, et reprit :

« Voilà, certes, la plus singulière aventure de chemin de fer que je connaisse. Il faut dire aussi que les hommes sont des drôles de toqués. »

Une femme murmura à mi-voix :

« Ces deux êtres-là ont été moins fous que vous ne croyez... Ils étaient... ils étaient... »

Mais elle ne pouvait plus parler, tant elle
pleurait. Comme on changea de conversation
pour la calmer, on ne sut pas ce qu'elle voulait
dire.

LA MÈRE SAUVAGE [46]

A Georges Pouchet [47].

I

Je n'étais point revenu à Virelogne [48] depuis
quinze ans. J'y retournai chasser, à l'automne,
chez mon ami Serval, qui avait enfin fait
reconstruire son château, détruit par les Prussiens.

J'aimais ce pays infiniment. Il est des coins du
monde délicieux qui ont pour les yeux un charme
sensuel. On les aime d'un amour physique. Nous
gardons, nous autres que séduit la terre, des
souvenirs tendres pour certaines sources, certains
bois, certains étangs, certaines collines, vus souvent et qui nous ont attendris à la façon des
événements heureux. Quelquefois même la pensée
retourne vers un coin de forêt, ou un bout de
berge, ou un verger poudré de fleurs, aperçus une
seule fois, par un jour gai, et restés en notre cœur

comme ces images de femmes rencontrées dans la rue, un matin de printemps, avec une toilette claire et transparente, et qui nous laissent dans l'âme et dans la chair un désir inapaisé, inoubliable, la sensation du bonheur coudoyé.

A Virelogne, j'aimais toute la campagne, semée de petits bois et traversée par des ruisseaux qui couraient dans le sol comme des veines, portant le sang à la terre. On pêchait là-dedans des écrevisses, des truites et des anguilles! Bonheur divin! On pouvait se baigner par places, et on trouvait souvent des bécassines dans les hautes herbes qui poussaient sur les bords de ces minces cours d'eau.

J'allais, léger comme une chèvre, regardant mes deux chiens fourrager devant moi. Serval, à cent mètres sur ma droite, battait un champ de luzerne. Je tournai les buissons qui forment la limite du bois des Saudres, et j'aperçus une chaumière en ruines.

Tout à coup, je me la rappelai telle que je l'avais vue pour la dernière fois, en 1869, propre, vêtue de vignes, avec des poules devant la porte. Quoi de plus triste qu'une maison morte, avec son squelette debout, délabré, sinistre?

Je me rappelai aussi qu'une bonne femme m'avait fait boire un verre de vin là-dedans, un jour de grande fatigue, et que Serval m'avait dit alors l'histoire des habitants. Le père, vieux braconnier, avait été tué par les gendarmes. Le fils, que j'avais vu autrefois, était un grand garçon sec qui passait également pour un féroce destructeur de gibier. On les appelait les Sauvage.

Était-ce un nom ou un sobriquet?

Je hélai Serval. Il s'en vint de son long pas d'échassier.

Je lui demandai :

« Que sont devenus les gens de là? »

Et il me conta cette aventure.

II

Lorsque la guerre fut déclarée, le fils Sauvage, qui avait alors trente-trois ans, s'engagea, laissant la mère seule au logis. On ne la plaignait pas trop, la vieille, parce qu'elle avait de l'argent, on le savait.

Elle resta donc toute seule dans cette maison isolée si loin du village, sur la lisière du bois. Elle n'avait pas peur, du reste, étant de la même race que ses hommes, une rude vieille, haute et maigre, qui ne riait pas souvent et avec qui on ne plaisantait point. Les femmes des champs ne rient guère d'ailleurs. C'est affaire aux hommes, cela! Elles ont l'âme triste et bornée, ayant une vie morne et sans éclaircie. Le paysan apprend un peu de gaieté bruyante au cabaret, mais sa compagne reste sérieuse avec une physionomie constamment sévère. Les muscles de leur face n'ont point appris les mouvements du rire.

La mère Sauvage continua son existence ordinaire dans sa chaumière, qui fut bientôt couverte par les neiges. Elle s'en venait au village, une fois par semaine, chercher du pain et un peu de

viande; puis elle retournait dans sa masure.
Comme on parlait des loups, elle sortait le fusil
au dos, le fusil du fils, rouillé, avec la crosse usée
par le frottement de la main; et elle était curieuse
à voir, la grande Sauvage, un peu courbée, allant
à lentes enjambées par la neige, le canon de
l'arme dépassant la coiffe noire qui lui serrait la
tête et emprisonnait ses cheveux blancs, que
personne n'avait jamais vus.

Un jour les Prussiens arrivèrent. On les distribua aux habitants, selon la fortune et les
ressources de chacun. La vieille, qu'on savait
riche, en eut quatre.

C'étaient quatre gros garçons à la chair blonde,
à la barbe blonde, aux yeux bleus, demeurés gras
malgré les fatigues qu'ils avaient endurées déjà,
et bons enfants, bien qu'en pays conquis. Seuls
chez cette femme âgée, ils se montrèrent pleins de
prévenances pour elle, lui épargnant, autant
qu'ils le pouvaient, des fatigues et des dépenses.
On les voyait tous les quatre faire leur toilette
autour du puits, le matin, en manches de
chemise, mouillant à grande eau, dans le jour cru
des neiges, leur chair blanche et rose d'hommes
du Nord, tandis que la mère Sauvage allait et
venait, préparant la soupe. Puis on les voyait
nettoyer la cuisine, frotter les carreaux, casser du
bois, éplucher les pommes de terre, laver le linge,
accomplir toutes les besognes de la maison,
comme quatre bons fils autour de leur mère.

Mais elle pensait sans cesse au sien, la vieille, à
son grand maigre au nez crochu, aux yeux bruns,
à la forte moustache qui faisait sur sa lèvre un

bourrelet de poils noirs. Elle demandait chaque jour, à chacun des soldats installés à son foyer :

« Savez-vous où est parti le régiment français, vingt-troisième de marche? Mon garçon est dedans. »

Ils répondaient : « Non, bas su, bas savoir tu tout. » Et, comprenant sa peine et ses inquiétudes, eux qui avaient des mères là-bas, ils lui rendaient mille petits soins. Elle les aimait bien, d'ailleurs, ses quatre ennemis; car les paysans n'ont guère les haines patriotiques; cela n'appartient qu'aux classes supérieures. Les humbles, ceux qui paient le plus parce qu'ils sont pauvres et que toute charge nouvelle les accable, ceux qu'on tue par masses, qui forment la vraie chair à canon, parce qu'ils sont le nombre, ceux qui souffrent enfin le plus cruellement des atroces misères de la guerre, parce qu'ils sont les plus faibles et les moins résistants, ne comprennent guère ces ardeurs belliqueuses, ce point d'honneur excitable et ces prétendues combinaisons politiques qui épuisent en six mois deux nations, la victorieuse comme la vaincue.

On disait dans le pays, en parlant des Allemands de la mère Sauvage :

« En v'là quatre qu'ont trouvé leur gîte. »

Or, un matin, comme la vieille femme était seule au logis, elle aperçut au loin dans la plaine un homme qui venait vers sa demeure. Bientôt elle le reconnut, c'était le piéton [49] chargé de distribuer les lettres. Il lui remit un papier plié et elle tira de son étui les lunettes dont elle se servait pour coudre; puis elle lut :

« Madame Sauvage, la présente est pour vous porter une triste nouvelle. Votre garçon Victor a été tué hier par un boulet, qui l'a censément coupé en deux parts. J'étais tout près, vu que nous nous trouvions côte à côte dans la compagnie et qu'il me parlait de vous pour vous prévenir au jour même s'il lui arrivait malheur.

« J'ai pris dans sa poche sa montre pour vous la reporter quand la guerre sera finie.

« Je vous salue amicalement.

« Césaire Rivot,
« Soldat de 2e classe au 23e de marche. »

La lettre était datée de trois semaines.

Elle ne pleurait point. Elle demeurait immobile, tellement saisie, hébétée, qu'elle ne souffrait même pas encore. Elle pensait : « V'là Victor qu'est tué, maintenant. » Puis peu à peu les larmes montèrent à ses yeux, et la douleur envahit son cœur. Les idées lui venaient une à une, affreuses, torturantes. Elle ne l'embrasserait plus, son enfant, son grand, plus jamais! Les gendarmes avaient tué le père, les Prussiens avaient tué le fils... Il avait été coupé en deux par un boulet. Et il lui semblait qu'elle voyait la chose, la chose horrible : la tête tombant, les yeux ouverts, tandis qu'il mâchait le coin de sa grosse moustache, comme il faisait aux heures de colère.

Qu'est-ce qu'on avait fait de son corps, après? Si seulement on lui avait rendu son enfant, comme on lui avait rendu son mari, avec sa balle au milieu du front?

Mais elle entendit un bruit de voix. C'étaient les Prussiens qui revenaient du village. Elle cacha bien vite la lettre dans sa poche et elle les reçut tranquillement avec sa figure ordinaire, ayant eu le temps de bien essuyer ses yeux.

Ils riaient tous les quatre, enchantés, car ils rapportaient un beau lapin, volé sans doute, et ils faisaient signe à la vieille qu'on allait manger quelque chose de bon.

Elle se mit tout de suite à la besogne pour préparer le déjeuner; mais, quand il fallut tuer le lapin, le cœur lui manqua. Ce n'était pas le premier pourtant! Un des soldats l'assomma d'un coup de poing derrière les oreilles.

Une fois la bête morte, elle fit sortir le corps rouge de la peau; mais la vue du sang qu'elle maniait, qui lui couvrait les mains, du sang tiède qu'elle sentait se refroidir et se coaguler, la faisait trembler de la tête aux pieds; et elle voyait toujours son grand coupé en deux, et tout rouge aussi, comme cet animal encore palpitant.

Elle se mit à table avec ses Prussiens, mais elle ne put manger, pas même une bouchée. Ils dévorèrent le lapin sans s'occuper d'elle. Elle les regardait de côté, sans parler, mûrissant une idée, et le visage tellement impassible qu'ils ne s'aperçurent de rien.

Tout à coup, elle demanda : « Je ne sais seulement point vos noms, et v'là un mois que nous sommes ensemble. » Ils comprirent, non sans peine, ce qu'elle voulait, et dirent leurs noms. Cela ne lui suffisait pas; elle se les fit écrire sur un papier, avec l'adresse de leurs familles, et, reposant ses lunettes sur son grand nez, elle considéra cette écriture inconnue, puis elle plia la feuille et la mit dans sa poche, par-dessus la lettre qui lui disait la mort de son fils.

Quand le repas fut fini, elle dit aux hommes :

« J' vas travailler pour vous. »

Et elle se mit à monter du foin dans le grenier où ils couchaient.

Ils s'étonnèrent de cette besogne; elle leur expliqua qu'ils auraient moins froid; et ils l'aidèrent. Ils entassaient les bottes jusqu'au toit de paille; et ils se firent ainsi une sorte de grande chambre avec quatre murs de fourrage, chaude et parfumée, où ils dormiraient à merveille.

Au dîner, un d'eux s'inquiéta de voir que la mère Sauvage ne mangeait point encore. Elle affirma qu'elle avait des crampes. Puis elle alluma un bon feu pour se chauffer, et les quatre Allemands montèrent dans leur logis par l'échelle qui leur servait tous les soirs.

Dès que la trappe fut refermée, la vieille enleva l'échelle, puis rouvrit sans bruit la porte du dehors, et elle retourna chercher des bottes de paille dont elle emplit sa cuisine. Elle allait nu-pieds, dans la neige, si doucement qu'on n'entendait rien. De temps en temps elle écoutait les ronflements sonores et inégaux des quatre soldats endormis.

Quand elle jugea suffisants ses préparatifs, elle jeta dans le foyer une des bottes, et, lorsqu'elle fut enflammée, elle l'éparpilla sur les autres, puis elle ressortit et regarda.

Une clarté violente illumina en quelques secondes tout l'intérieur de la chaumière, puis ce fut un brasier effroyable, un gigantesque four ardent, dont la lueur jaillissait par l'étroite fenêtre et jetait sur la neige un éclatant rayon.

Puis un grand cri partit du sommet de la maison, puis ce fut une clameur de hurlements humains, d'appels déchirants d'angoisse et d'épouvante. Puis, la trappe s'étant écroulée à l'intérieur, un tourbillon de feu s'élança dans le grenier, perça le toit de paille, monta dans le ciel comme une immense flamme de torche; et toute la chaumière flamba.

On n'entendait plus rien dedans que le crépitement de l'incendie, le craquement des murs, l'écroulement des poutres. Le toit tout à coup s'effondra, et la carcasse ardente de la demeure lança dans l'air, au milieu d'un nuage de fumée, un grand panache d'étincelles.

La campagne, blanche, éclairée par le feu, luisait comme une nappe d'argent teintée de rouge.

Une cloche, au loin, se mit à sonner.

La vieille Sauvage restait debout, devant son logis détruit, armée de son fusil, celui du fils, de crainte qu'un des hommes n'échappât.

Quand elle vit que c'était fini, elle jeta son arme dans le brasier. Une détonation retentit.

Des gens arrivaient, des paysans, des Prussiens.

On trouva la femme assise sur un tronc d'arbre, tranquille et satisfaite.

Un officier allemand, qui parlait le français comme un fils de France, lui demanda :

« Où sont vos soldats? »

Elle tendit son bras maigre vers l'amas rouge de l'incendie qui s'éteignait, et elle répondit d'une voix forte :

« Là-dedans! »

On se pressait autour d'elle. Le Prussien demanda :

« Comment le feu a-t-il pris? »

Elle prononça :

« C'est moi qui l'ai mis. »

On ne la croyait pas, on pensait que le désastre l'avait soudain rendue folle. Alors, comme tout le monde l'entourait et l'écoutait, elle dit la chose d'un bout à l'autre, depuis l'arrivée de la lettre jusqu'au dernier cri des hommes flambés avec sa maison. Elle n'oublia pas un détail de ce qu'elle avait ressenti ni de ce qu'elle avait fait.

Quand elle eut fini, elle tira de sa poche deux papiers, et, pour les distinguer aux dernières lueurs du feu, elle ajusta encore ses lunettes, puis elle prononça, montrant l'un : « Ça, c'est la mort de Victor. » Montrant l'autre, elle ajouta, en désignant les ruines rouges d'un coup de tête : « Ça, c'est leurs noms pour qu'on écrive chez eux. » Elle tendit tranquillement la feuille blanche à l'officier, qui la tenait par les épaules, et elle reprit :

« Vous écrirez comment c'est arrivé, et vous

direz à leurs parents que c'est moi qui a fait ça. Victoire Simon, la Sauvage! N'oubliez pas. »

L'officier criait des ordres en allemand. On la saisit, on la jeta contre les murs encore chauds de son logis. Puis douze hommes se rangèrent vivement en face d'elle, à vingt mètres. Elle ne bougea point. Elle avait compris; elle attendait.

Un ordre retentit, qu'une longue détonation suivit aussitôt. Un coup attardé partit tout seul, après les autres.

La vieille ne tomba point. Elle s'affaissa comme si on lui eût fauché les jambes.

L'officier prussien s'approcha. Elle était presque coupée en deux, et dans sa main crispée elle tenait sa lettre baignée de sang.

Mon ami Serval ajouta :

« C'est par représailles que les Allemands ont détruit le château du pays, qui m'appartenait. »

Moi, je pensais aux mères des quatre doux garçons brûlés là-dcdans; et à l'héroïsme atroce de cette autre mère, fusillée contre ce mur.

Et je ramassai une petite pierre, encore noircie par le feu.

DOSSIER

CHRONOLOGIE

1850. Guy de Maupassant naît le 5 août, soit au château de Miromesnil, près de Dieppe, soit à Fécamp. Mort de Balzac. Seconde République : l'Assemblée législative, sous la présidence du prince Louis-Napoléon Bonaparte, s'engage dans la voie d'une politique réactionnaire. Loi Falloux, loi électorale, loi sur la presse.

1852. Publication en français des *Récits d'un chasseur*, de Tourgueniev.

1856. Naissance du frère de Guy, Hervé. Ce qui ne sauve pas le ménage des parents — père égoïste, léger, faible, coureur, dépensier; mère hypersensible, autoritaire, qui se pique de littérature. Séparation. Mme de Maupassant se retire aux Verguies, à Étretat, avec ses deux enfants.

1857. *Les Fleurs du Mal. Madame Bovary*. Procès intentés, pour immoralité, à Flaubert, puis à Baudelaire par le gouvernement impérial.

1862. *Père et fils*, de Tourgueniev. Apparition du mot *nihilisme*.

1863. Séparation des parents. Fin, pour le jeune Guy, de l'enfance libre et vagabonde; il entre au petit séminaire d'Yvetot. *Dominique*, de Fromentin. *Vie de Jésus*, d'Ernest Renan. Protectorat français sur le Cambodge. Guerre du Mexique. Aux élections législatives, progrès de l'opposition à Napoléon III.

1868. Guy fait sa rhétorique au collège impérial de Rouen. Il a pour correspondant Louis Bouilhet, poète, ami intime de

Gustave Flaubert. C'est grâce à Bouilhet que le jeune Maupassant va connaître Flaubert et que Flaubert va devenir son père « littéraire ». Alphonse Daudet publie *Le Petit Chose*. Napoléon III consent à des concessions libérales : lois sur la presse.

1869. Flaubert publie *L'Éducation sentimentale*. Daudet *Lettres de mon moulin*, les Goncourt *Madame Gervaisais*.

1870-1871. Guerre franco-allemande. Maupassant appartient à la classe 70. Il est versé dans l'Intendance à Rouen. Il assiste aux horreurs de la déroute. Il n'est démobilisé qu'en novembre 1871. Fin de l'Empire. Commune de Paris. *La Bonne Chanson*, de Paul Verlaine, *De l'Intelligence*, par H. Taine. Mort de Dickens.

1871-1872. Maupassant entre au ministère de la Marine, où il occupe une situation médiocre. Il trouve une compensation dans les exercices sportifs, en particulier dans le canotage sur la Seine. « Ma grande, ma seule, mon absorbante passion, pendant dix ans, ce fut la Seine. » Travaux littéraires sous la direction de Flaubert.

1873. Gouvernement de Mac-Mahon, dit « d'ordre moral ». Maupassant brocarde *l'imbécillité solennelle de ce crétin*. Daudet publie *Contes du Lundi*.

1875. Débuts littéraires. Un premier conte, *La Main d'écorché*, paraît dans l'*Almanach lorrain* de Pont-à-Mousson. Quelques pièces de vers ici et là. Relations littéraires chez Flaubert, Guy rencontre Zola, Daudet, E. de Goncourt, Tourgueniev; chez Catulle Mendès, Mallarmé et Villiers de l'Isle-Adam. Il fréquente chez la princesse Mathilde. Il participe au groupe qui se forme autour de Zola et qui sera à Médan. Zola : *La Faute de l'abbé Mouret*. La Troisième République s'installe : lois constitutionnelles sur les pouvoirs publics.

1876. Premier repas Flaubert-Zola-Daudet, au Café Riche. Constitution du groupe dit « de Médan ».

1877. Maupassant souffre de troubles de santé. Cure aux eaux de Loèche. Flaubert : *Trois Contes*. Goncourt : *La Fille Élisa*.

1878. Le 18 décembre, il donne sa démission du ministère de la Marine puis, grâce à Flaubert, entre à celui de l'Instruction publique. Il déteste ce métier de gratte-papier; il espère avec impatience le jour où il pourra « claquer la porte ».

1879. Débuts au théâtre : Maupassant fait jouer un acte *Histoire du Vieux Temps*. Démission de Mac-Mahon. Fin de l'Ordre moral. *Nana*, de Zola.

1880. 16 avril : *Les Soirées de Médan;* Maupassant a donné *Boule-de-Suif;* admiration de Flaubert; grand succès. 25 avril : *Des vers*, recueil poétique. 8 mai : mort de Flaubert, foudroyé par l'apoplexie; immense chagrin de Maupassant. Juin : Maupassant, enfin! « claque la porte », il quitte l'administration. Septembre : voyage en Corse. Premiers « mardis » chez Mallarmé. Dostoïevski : *Les Frères Karamazov*. Le 14 juillet devient fête nationale. Loi d'amnistie : retour des anciens communards. Décrets sur l'expulsion des Jésuites.

1881. Maupassant est lancé. Il entre au *Gaulois*, au *Gil Blas*, au *Figaro*, à *L'Écho de Paris*. Intense activité journalistique qui va nourrir son œuvre. Mai : *La Maison Tellier*, recueil de contes. Voyage en Afrique du Nord (Tunisie, Algérie). Loi sur la liberté de la presse. Après de nouvelles élections législatives, ministère Gambetta. La Tunisie, après la révolte des Kroumirs, devient protectorat français. A. France : *Le Crime de Sylvestre Bonnard*, P. Verlaine : *Sagesse*, Ibsen : *Les Revenants*. Renoir peint *Le Déjeuner des canotiers*, Manet : *Le Bar des Folies-Bergère*.

1882. Nouveau recueil de contes, *Mademoiselle Fifi*. Voyage estival en Bretagne. Loi organisant l'enseignement primaire. Mort de Gambetta. Krach de l'Union Générale. Constitution de la Triple-Alliance. Déroulède fonde la Ligue des Patriotes. Koch découvre le bacille de la tuberculose, Pasteur découvre la vaccination anticharbonneuse, Charcot commence ses cours à la Salpêtrière. Henri Becque : *Les Corbeaux*.

1883. Premier roman : *Une vie*, d'abord publié en feuilleton dans *Gil Blas*, du 27 février au 6 avril. Juin : *Contes de la Bécasse*. Maupassant a fait construire *la Guillette* sur la route de Criquetot, près d'Étretat. Morts de Tourgueniev, de Manet, de Wagner. Renan : *Souvenirs d'enfance et de jeunesse.* Nietzsche : *Ainsi parlait Zarathoustra.* Villiers de l'Isle-Adam : *Contes cruels.* Ministère Jules Ferry : guerre du Tonkin.

1884. Travail intense. En janvier : un récit de voyages, *Au Soleil;* en avril : un autre recueil de contes, *Clair de lune;* en juillet, autre recueil, *Miss Harriet,* et encore un autre recueil, *Les Sœurs Rondoli.* En préface à la publication des lettres de Flaubert à George Sand, il écrit une étude sur Flaubert. Début des troubles nerveux (maux de tête, irritabilité, angoisses). Verlaine : *Jadis et naguère;* Daudet : *Sapho.* J.-K. Huysmans : *A Rebours;* Ibsen : *Le Canard sauvage;* Massenet : *Manon.* Loi sur les syndicats ouvriers. Guerre de Madagascar. Création de l'État indépendant du Congo par la Conférence internationale de Berlin. Premier ballon dirigeable du capitaine Renard.

1885. Trois recueils de contes : *Yvette, Contes du jour et de la nuit, Toine.* Mai : *Bel-Ami,* publié en feuilleton dans *Gil Blas,* du 6 avril au 30 mai. Maupassant déménage de la rue Dulong à la rue de Montchanin (aujourd'hui rue Jacques-Bingen), dans le quartier de la plaine Monceau. Appartement cossu. Printemps : voyage en Italie, en Sicile. Été : cure à Châtelguyon. Zola : *Germinal;* Jules Laforgue : *Les Complaintes;* Paul Bourget : *Cruelle énigme.* Pasteur découvre le vaccin contre la rage. Chute de Jules Ferry après les revers du Tonkin, mais la domination française sur le Tonkin est assurée. Protectorat français sur Madagascar. Aux élections d'octobre, recul des Républicains mais renforcement du groupe radical avec Clemenceau. Jules Grévy est réélu président de la République. Construction du viaduc de Garabit par Eiffel. Ouverture du grenier des Goncourt. Mort de Jules Vallès et de Victor Hugo.

1886. Toujours des contes : *Monsieur Parent, La Petite Roque.* Court séjour en Angleterre. Navigation sur le voilier *Bel-Ami.* Vie trépidante : Maupassant s'épuise. Pierre Loti : *Pêcheur d'Islande.* Rimbaud : *Les Illuminations;* Drumont : *La France juive;* Moréas : *Manifeste symboliste;* Nietzsche : *Par-delà le bien et le mal;* E. de Vogüe : *Le Roman russe.*

Dernière exposition des impressionnistes; Seurat présente *La Grande Jatte*. Début de l'agitation boulangiste. Grève des mineurs de Decazeville.

1887. Un roman, *Mont-Oriol*, publié en feuilleton dans *Gil Blas*, du 23 décembre 1886 au 6 février 1887. Un recueil de contes, en mai, *Le Horla*. Octobre en Algérie. Zola : *La Terre*. Manifeste antinaturaliste des Cinq. Mallarmé : *Poésies*. Fondation du Théâtre libre d'Antoine. Strindberg : *Le Père*. Sadi Carnot président de la République après la démission de Jules Grévy bousculé par des scandales. Affaire Schnaebelé : tension franco-allemande.

1888. Un roman : *Pierre et Jean*, publié en feuilleton dans *La Nouvelle Revue*, du 1er décembre 1887 au 1er janvier 1888, et précédé d'une *Étude sur le Roman*. Un deuxième journal de voyage : *Sur l'eau*. Un autre recueil de contes, *Le Rosier de Madame Husson*. Voyage en Tunisie dans l'hiver 88-89. Les troubles s'aggravent. Van Gogh peint *Les Tournesols*. Barrès : *Sous l'œil des Barbares*. Développement du mouvement boulangiste. Avènement de Guillaume II. Fondation de l'Institut Pasteur.

1889. Contes : *La Main gauche*. *Fort comme la mort :* roman. Agonie de son frère Hervé, victime de la folie. Croisière sur *Bel-Ami II* en Italie. Maux de tête et d'yeux insupportables. Zola : *La Bête humaine*. Barrès : *Un homme libre;* Claudel : *Tête d'Or;* Bourget : *Le Disciple;* Maeterlinck : *La Princesse Maleine;* D'Annunzio : *Le Plaisir*. Bergson : *Essai sur les données immédiates de la conscience*. Fin de l'agitation boulangiste; élections favorables aux républicains. Exposition universelle de Paris, avec la tour Eiffel.

1890. Récit de voyages : *La Vie errante*. Dernier recueil de contes : *L'Inutile Beauté*. Dernier roman : *Notre cœur*, paru en feuilleton dans *La Revue des Deux Mondes* de mai et de juin. Dernière pièce de théâtre, *Musotte*. Déménagement vers la rue du Boccador dans le quartier des Champs-Élysées. Tentative de cure à Aix-les-Bains. Plombières, Gérardmer. Tentatives de repos à Cannes, à Alger. Fondation du Théâtre d'Art par Paul Fort. Renan : *L'Avenir de la Science*. W. James : *Principes de psychologie*. Mort de Van Gogh. Premières manifestations du Premier Mai.

1891. Cures à Divonne et à Champel-les-Bains. Maupassant s'acharne au travail. Il commence *L'Ame étrangère*, *L'Angélus*. Zola : *L'Argent.* Gide : *Les Cahiers d'André Walter.* Barrès : *Le Jardin de Bérénice.* Troubles sociaux, fusillade de Fourmies.

1892. 1er janvier : tentative de suicide. 6 janvier : folie, internement dans la clinique du docteur Blanche à Passy. Pierre Loti : *Fantôme d'Orient.* France : *L'Étui de nacre;* Claudel : *La Jeune Fille Violaine.* Scandale de Panama. Grève des ouvriers mineurs de Carmaux. Premiers attentats anarchistes.

1893. Mort de Maupassant (6 juillet). Il a 43 ans. Inhumation le 8 au cimetière Montparnasse.

NOTICE

Selon son habitude, Maupassant publiait dans des journaux ses contes et nouvelles, puis, quand il en avait un certain nombre de prêts, il en faisait un volume, sans aucun souci d'organisation thématique. *Miss Harriet*, recueil de douze récits publiés dans des revues et des journaux entre mai 1883 et avril 1884, parut en 1884, chez Victor Havard, à Paris. Entre le texte du journal et celui du volume, on relève quelques variantes. Les nombreuses rééditions posthumes ont souvent altéré le texte de la première édition en volume. C'est à ce texte, version de référence (sauf si l'auteur a, de son vivant, apporté des corrections), qu'il faut revenir. Louis Forestier a fait le travail dans son édition chronologique des *Contes et nouvelles* (Bibliothèque de la Pléiade, tome I, 1974), sauf pour *L'Héritage*, à paraître dans le tome II.

BIBLIOGRAPHIE

I. ŒUVRES DE MAUPASSANT

Œuvres complètes, Conard, 1907-1910, éd. Pol Neveux.

Œuvres complètes, Librairie de France, 1934-1938, éd. René Dumesnil.

Œuvres complètes, Cercle du Bibliophile, éd. Pascal Pia et Gilbert Sigaux, 1969-1971.

Contes et Nouvelles, texte établi par A.-M. Schmidt et A. Delaisement, 1956 et 1957, I et II, Albin Michel.

Romans, ibid., 1959.

Contes et Nouvelles, éd. de la Pléiade, préface d'A. Lanoux, introduction de L. Forestier, texte établi et annoté par L. Forestier, tome I, 1974.

Contes normands, éditions Garnier, préface et notes par M.-C. Bancquart, 1971.

Contes cruels et fantastiques, éditions Garnier, préface et notes par M.-C. Bancquart, 1976.

Contes parisiens, éditions Garnier, préface et notes par M.-C. Bancquart, 1984.

II. ÉTUDES

Marie-Claire Bancquart. *Maupassant conteur fantastique*. Archives des lettres modernes, Minard, 1976.

Charles Castella. *Structures romanesques chez G. de Maupassant*. L'Age d'homme, 1972.

René Dumesnil. *Guy de Maupassant.* Tallandier, 1947.

Paul Morand. *La Vie de Maupassant.* Flammarion, 1942.

Albert-Marie Schmidt : *Maupassant par lui-même.* Le Seuil, 1962.

Armand Lanoux. *Maupassant le bel-ami.* Fayard, 1967.

Alberto Savinio. *Maupassant et l' « Autre ».* Gallimard, 1977.

François Tassart. *Souvenirs sur Guy de Maupassant par François son valet de chambre.* Plon, 1911.

François Tassart. *Nouveaux souvenirs intimes sur Guy de Maupassant* (texte établi par Pierre Cogny). Nizet, 1962.

André Vial. *Guy de Maupassant et l'art du roman.* Nizet, 1954.

NOTES

Page 23.

1. Maupassant hésita longtemps entre Miss Butler, Miss Hastings et Miss Harriet. La nouvelle parut d'abord dans *Le Gaulois* du 9 juillet 1883, sous une forme complètement différente publiée par Louis Forestier dans la Pléiade. Conte appartenant au « cycle normand ». La description de la nature, si rare dans le roman français, fait penser à Tourgueniev. Quant à la dédicataire de la nouvelle, rien ne permet de préciser son identité.

2. Procédé du récit de voyage, de l'anecdote pour passer le temps. On le retrouvera plus loin, dans *En voyage.*

Page 24.

3. Le maréchal de Richelieu (1696-1788), prototype du « roué ».

Page 39.

4. Maupassant connaissait assez bien la peinture de son temps. Il vit en 1869 Courbet peindre *La Vague* à Étretat, et raconta, vingt ans plus tard, ce souvenir. « Dans une grande pièce nue, un gros homme graisseux et sale collait avec un couteau de cuisine des plaques de couleur blanche sur une grande toile nue. »

L'HÉRITAGE

Page 53.

5. Publié dans *La Vie militaire*, du 15 mars au 26 avril 1884.

6. Catulle Mendès (1841-1909), gendre de Théophile Gautier, poète parnassien, un des premiers défenseurs en France de Wagner, à qui il consacra un essai en 1886.

7. Maupassant travailla de 1872 à 1878 au ministère de la Marine, comme modeste employé. Écœuré par la mesquinerie de ses collègues, il se vengea par un nombre important de contes et de nouvelles consacrés à la faune des ministères : un neuvième de son œuvre, selon le calcul d'Armand Lanoux. *L'Héritage* est le plus accablant de ces textes. Il développe un bref conte paru en 1882, *Un million*, qui traitait déjà la même donnée. Lesable s'appelait Bonnin, le beau Maze : Frédéric Morel, et l'enfant, sauveteur de l'héritage, était baptisé Dieudonné.

Page 57.

8. La description du « dossier Chapelou » est d'une obscurité toute bureaucratique. Le « fil de caret » est un gros fil de chanvre tortillé qui sert à faire les cordages.

Page 69.

9. Le prélart est une grosse toile goudronnée dont on recouvrait les embarcations et les marchandises pour les protéger de la pluie.

Page 125.

10. Peut-être ici Maupassant avoue-t-il indirectement un de ses propres fantasmes. D'autre part le thème de la « femme fatale » se répandit dans la culture dite « décadente » de la fin du xixe siècle, ainsi que Mario Praz l'a montré dans son ouvrage fondamental *La Chair, la Mort et le Diable* (trad. française, Denoël, 1977).

Page 132.

11. On sait que le canotage sur la Seine fut, pendant toutes

ces années de ministère, le grand passe-temps de Maupassant, et la source de nombreuses nouvelles.

DENIS

Page 151.

12. Publié, le 28 juin 1883, dans *Le Gaulois*.
13. Léon Chapron (1840-1884), avocat et journaliste.

Page 156.

14. Le coaltar saponiné était une émulsion désinfectante mise au point en 1860, adoptée par les hôpitaux de Paris et utilisée par Maupassant lui-même.

L'ANE

Page 163.

15. Publié, le 15 juillet 1883, dans *Le Gaulois*.
16. Louis Le Poittevin (1847-1909), fils d'Alfred Le Poittevin, le grand ami de Flaubert, et cousin de Maupassant, dont la mère était née Laure Le Poittevin.
17. La Frette, petit village au bord de la Seine, non loin de Sartrouville, où Maupassant avait passé trois mois en 1881.

Page 164.

18. Ravageurs : nom qu'on donnait autrefois aux vagabonds qui récupéraient dans les ruisseaux de Paris les débris de ferrailles pour les revendre.

Page 169.

19. Le hameau des Champioux a été englobé depuis dans la commune d'Argenteuil.

Page 172.

20. Sur la compassion de Maupassant pour les animaux martyrisés, voir *Histoire d'un chien* et *Coco*.

IDYLLE

Page 177.

21. Publié, le 12 février 1884, dans *Gil Blas*.

22. Maurice Leloir (1853-1940), illustrateur d'une édition de *Manon Lescaut* pour laquelle Maupassant écrivit une préface, et acteur amateur (il tenait le rôle du garçon de la maison close) lors de la représentation de la pièce scandaleuse du jeune Guy, *A la feuille de rose*, qui eut lieu, dans l'atelier de Leloir, en présence de Flaubert et de Tourgueniev, le 19 avril 1875.

LA FICELLE

Page 185.

23. Publié dans *Le Gaulois* du 25 novembre 1883.

24. Harry Alis (1857-1895), journaliste et directeur de revues, auxquelles Maupassant collabora.

25. Gros bourg de l'intérieur des terres, entre Fécamp et Étretat.

Page 186.

26. A trois kilomètres au sud de Goderville.

Page 188.

27. Les verts, c'est-à-dire les prés et les plantes fourragères. Mucre, c'est-à-dire humide. Dans la version écrite pour *Le Gaulois* Maupassant avait d'ailleurs écrit : humide. Exemple de variante intéressante : ce mot savant n'aurait pas été compris par les lecteurs du journal.

Page 192.

28. Lieu de naissance d'Hervé, le frère de Guy, à trois kilomètres de Goderville.

GARÇON, UN BOCK!...

Page 197.

29. Publié dans *Gil Blas*, le 1er janvier 1884.

30. Maupassant avait connu le poète chez Flaubert, à Croisset, en 1878. Heredia (1842-1905) prononça le discours pour l'inauguration du monument de Maupassant à Rouen, en 1900. Les deux hommes étaient liés d'une vive amitié.

LE BAPTÊME

Page 207.

31. Publié dans *Le Gaulois*, le 14 janvier 1884.
32. Antoine Guillemet (1842-1918), peintre, élève de Monet et de Corot. Manet admirait ses natures mortes et Maupassant, lors du Salon de 1886, le salua parmi « les maîtres incontestés ». C'est d'ailleurs un excellent peintre, dont on redécouvre aujourd'hui les mérites.

REGRET

Page 215.

33. Publié dans *Le Gaulois*, le 4 novembre 1883.
34. Léon Dierx (1838-1912), poète parnassien, qui fut collègue de Maupassant au ministère de l'Instruction publique.

MON ONCLE JULES

Page 225.

35. Publié dans *Le Gaulois*, le 7 août 1883.
36. Achille Bénouville (1815-1891), peintre paysagiste.

Page 229.

37. Village à une trentaine de kilomètres de Fécamp.

Page 230.

38. Maupassant y était allé pendant l'été 1879.

Page 233.

39. Assuré de 1839 à 1939, le courrier des Indes, reliant l'Angleterre à l'Inde via Paris, était le parcours postal le plus long, le plus rapide et le plus célèbre du monde.

40. Le vapeur dit « express » qui reliait Granville à Saint-Hélier s'appelait en réalité, à cette époque, le *Victoria*.

Page 237.

41. Publié dans *Le Gaulois*, le 10 mai 1883.

42. Gustave Toudouze (1847-1904), romancier, critique d'art et critique dramatique.

43. Les attentats et crimes étaient alors fréquents dans les chemins de fer.

Page 238.

44. La comtesse Potocka, Marie Kann et Marie Bashkirtseff furent les beautés orientales qui initièrent Maupassant au charme slave.

Page 241.

45. Emprunt maladroit au russe, puisque *barine*, qui signifie *seigneur*, est un mot masculin.

Page 247.

46. Publié dans *Le Gaulois*, le 3 mars 1884. Nouvelle appartenant au « cycle prussien », qui inspira, entre autres, à Maupassant *Boule de suif* et *Mademoiselle Fifi*.

47. Georges Pouchet (1833-1894), professeur d'anatomie au Muséum, introduit dans les milieux littéraires, ami de Flaubert.

48. Localité imaginaire.

Page 251.

49. Ainsi appelait-on le facteur de campagne qui faisait sa tournée à pied.

COLLECTION FOLIO

Dernières parutions

Impression S.E.P.C. à Saint-Amand (Cher),
le 10 octobre 1994.
Dépôt légal : octobre 1994.
1er dépôt légal dans la collection : juin 1978.
Numéro d'imprimeur : 2396.
ISBN 2-07-037036-4./Imprimé en France.